幽兰清香

马德忠 著

山東文藝出版社

图书在版编目（CIP）数据

幽兰清香/马德忠著.—济南:山东文艺出版社,
2019.10

ISBN 978-7-5329-5936-5

Ⅰ.①幽… Ⅱ.①马… Ⅲ.①报告文学—中国—当代
Ⅳ.①I25

中国版本图书馆CIP数据核字(2019)第185776号

幽兰清香

马德忠　著

主管单位　山东出版传媒股份有限公司
出版发行　山东文艺出版社
社　　址　山东省济南市英雄山路189号
邮　　编　250002
网　　址　www.sdwypress.com

读者服务　0531-82098776(总编室)
　　　　　0531-82098775(市场营销部)
电子邮箱　sdwy@sdpress.com.cn

印　　刷　三河市嵩川印刷有限公司
开　　本　710毫米×1000毫米　1/16
印　　张　14
字　　数　160千
版　　次　2019年10月第1版
印　　次　2021年8月第2次印刷
书　　号　ISBN 978-7-5329-5936-5
定　　价　38.00元

目录 · CONTENTS

第三章　大象无形

第四章　这样一个家

第五章 夕阳红似火

第一章

走进第二个春天

ZOU JIN DI ER GE CHUN TIAN

一　离开德州

卜算子·春天

微风轻轻吹，细雨淅沥飘。
江河开冻缓流水，知晓春已到。

鱼儿水中舞，鸟儿空中叫。
青草蕾花俏装点，时令把春闹。

春天来了，湖水荡漾，垂柳吐绿，小草渐渐苏醒，春花次第开放，在微风吹拂下向早起的人们点头问好。

春天，驱散了冬天的沉闷，呼唤着人们去追寻……

2003 年 4 月的一个早晨，沐着朝霞，一辆普通的桑塔纳轿车恋恋不舍地离开了德州，驶向济南遥墙机场。路边的白杨树已经长出了不少绿叶，在春风的吹动下哗哗地欢唱，像在欢送车内的人，又似乎在说："去吧，远方的春天会更加明媚！"

8 点 30 分，一架波音 737 客机载着她对过往的留恋和对未来的憧憬，从遥墙机场一飞冲天，飞去了祖国的南方。

张秀兰近照

她就这样飞走了，离开了生她养她的地方，离开了她工作大半生的地方，离开了她的同事和亲人，离开了她念念不忘的老师和同学。

她就是张秀兰。

张秀兰，主任医师，原山东省德州市人民医院妇产科主任。山东省第九届人大代表、第五次党代会代表和山东省妇女第八次、第九次代表大会代表。曾被评为山东省德州市专业技术拔尖人才，全国卫生系统先进工作者，山东省模范共产党员，山东省卫生先进工作者，以及山东省“三八”红旗手和德州地区“三八”红旗手。

证书

授予张秀兰同志

全国卫生系统先进工作者称号

張秀兰同志：

一九八六年被评为

山东省卫生先进工作者。

山东省卫生厅

授予張秀兰同志：

省“三八”红旗手荣誉称号。

山东省妇女联合会

张秀兰同志被选拔为九五—九八年度

专业技术拔尖人才

编号：521

荣誉证书

早在2001年，张秀兰就到了退休年龄，但因为她是德州市专业技术拔尖人才，在任期内不能办理退休手续，所以她仍然坚守在工作岗位上。

2002年，张秀兰的儿子马上要大学毕业，面临着就业问题。专科毕业的大学生就业十分困难，张秀兰计划让儿子专升本。但儿子一时疏忽，竟错过了专升本的报名时间。张秀兰知道后急坏了。这些年，她把时间和精力都奉献给了自己的事业，对儿子照顾很少，所以总觉得亏欠了儿子。张秀兰思来想去，做出了一个大胆的决定：让儿子到英国去继续深造。这件事说起来容易，做起来困难重重。一是经济问题，去英国学习每年至少需要20万元，家里没有这么多钱；二是儿子从未出过远门。但为了儿子的前程，张秀兰狠下心来，3天时间就从亲朋好友那里筹集到了30多万元。

张秀兰的儿子去深造的学校是英国的南安普顿大学。儿子走的那天，张秀兰去北京送他。在首都国际机场，望着儿子渐渐远去的背影，坚强的她眼睛也忍不住湿润了。儿子是张秀兰的心头肉，现在要去异国他乡独立生活了，她怎能不牵挂呢！

2003年初春，张秀兰的德州市专业技术拔尖人才任期已满，她正式向医院提出了退休申请。她对医院的领导说："我已经超龄'服役'两年了。现在医院的生殖中心也建好了，已正式接诊。新的科室领导都年富力强，我也没有后顾之忧了……"这一次，医院领导批准了她的退休申请。

这一年，张秀兰57岁。德州市各大医院的同行都十分了解张秀兰的为人和她在妇产科领域的影响，知道她退休了，纷纷向她抛来橄榄枝。然而，张秀兰都一一谢绝了。对此，同行们都很不理解。但同行们哪里知道，张秀兰心里还有一份无法割舍的情缘，那就是她极不情愿把德州市人民医院的病人"带走"，给与她并肩作战多年的同事造成哪怕一丁点损失。她是这样想的，也是这样做的。这就是张秀兰，任何时候也不会改变自己处处为别人着想的性格。

但张秀兰又是一个闲不住的人。她想："我这个年龄还能做点事情，再说我的医术也不能就这么浪费了啊！那我要去哪里？我要离开家乡，去一个遥远的地方吗？"她一时也不知道如何抉择。

早在张秀兰积极筹建德州市人民医院生殖中心时，一位南方的同行就非常关注她，这位同行就是深圳爱维艾夫医疗集团总公司的董事长兼总经理任吉忠。2001 年，他在深圳武警医院建立生殖中心，在全国各地搜罗人才，尤其对在生殖医学领域富有临床经验的退休医生格外关注。任总是德州平原人，通过地方媒体和当地"传说"了解了张秀兰，对她的人品、医德和医术十分钦佩，决定邀请她加入自己的医疗集团。

张秀兰退休前，任总给她打电话，表明了合作意向。他说："如果我们能够合作，我可以邀请张丽珠教授给予指导，我们建立起生殖助孕、医疗服务一条龙式的服务。我了解你，有了张丽珠教授的指导，你的医术将会有很大提高。"张秀兰知道张丽珠教授是我国生殖医学界的元老，也非常希望能得到她的指导。她沉思片刻说："合作这件事我做不了主，你得跟我们医院领导协商才行。"任总与张秀兰合作的事没有谈成，但通过接触，任总认定张秀兰就是他要找的人。于是，他再次力邀张秀兰加入自己的医疗集团，张秀兰说："等我退休以后再说吧。""好！我等你。"任总说。就这样，他们俩立下了口头的"君子协定"。

2003 年退休前，张秀兰借休假去看望儿子，回来时顺便去了趟深圳，参观了爱维艾夫医疗集团建立的深圳武警医院生殖中心，算是进行了实地考察。她对生殖中心的感觉是：设施好，但缺乏高端专业人才。她觉得如果自己加入，完全能胜任工作。

2003 年春节，张秀兰不慎摔倒，造成了脚踝骨折。手术后，她只在家待了 7 天就去医院上班了。当时医院的生殖中心刚开诊，实在离不开她。那段时间，丈夫每天早晨用轮椅推着她，把她送到单位，晚上再用轮椅把她接回来，背着她进家门。俗话说，伤筋动骨一百天。脚踝的伤还未完全痊愈，张秀兰就怀着眷恋的心情离开了德州市人民医院……

直到飞机在深圳宝安机场落地，张秀兰才收回自己的思绪。深圳于她而言，是陌生的。面对未来，她还有很多疑惑，前行的路上也有许多看不清的迷雾。然而，她一直思想超前，更不乏勇气。她要飞，要成为夕阳下一道靓丽的风景。张秀兰觉得，深圳正是她要找的地方，这里就是她人生第二个春天开始的地方。她要在这里谱写自己的故事，谱写自己的第二个春天。

二　迎接挑战

任总和深圳武警医院生殖中心的李主任热情迎接张秀兰的到来。他们早已为她安排好了住处——金马花园一楼的一套两居室，距离医院只有百余米远。细心的任总还特意安排了一名年轻的女医生与她同住，以便照顾她。

李主任并没有安排张秀兰直接去上班，而是带着她和同事一起游览深圳市。仙湖植物园、莲花山公园、东部华侨城、世界之窗……深圳的美景令张秀兰目不暇接、惊叹不已。游览了荔枝公园、大梅沙、小梅沙和深圳的第一高度“地王大厦”后，张秀兰感到深圳不再是以前她听到的“故事”，而是活生生的现实。

仅仅几天的时间，张秀兰就感受到了深圳的“温度”。她似乎有了压力，从一开始的好奇、新鲜、兴奋，渐渐变得沉默起来。她明显感觉到了祖国南北方的不同：北方的节奏有点慢，而南方则是一块热土，而且是有能力者的热土。她相信自己的能力和水平，认定这里正是她下半生要找的地方。她在脑海中思索着，要尽快接受环境，让自己也尽快“热”起来。

深圳武警医院生殖中心始建于 2001 年，2002 年开始运营。张秀兰 2003 年 4 月来到这里，可以说是与生殖中心一起“成长”的。张秀兰工作一向认真负责，在单位总是勇挑重担。她在心里默默地给自己打气：我要扛起生殖中心的“大旗”，成为这里乃至深圳医学界生殖医学临床技术的领军人物，一路走向辉煌。当然，这只是她的理想，摆在她面前的现实是非常严峻的。对她而言，未来的一切都充满挑战。

如今，全球工业化所带来的环境污染日益加重，人类的生活习惯和工作方式也发生了很大的变化，人体正常的生理活动规律受到了一定程度的干扰和破坏，随之而来的是不孕不育患者比例的增高。

我国的试管婴儿之母张丽珠教授曾说过：“在发达国家每6或7对育龄夫妇中就有1对不孕不育夫妇。我国的不孕不育夫妇，大概占生育年龄夫妇的6%～8%。不孕不育虽然不是严重的疾病，但给许多家庭的生活蒙上了阴影，不孕不育夫妇承受着巨大的家庭和社会压力。”由此，一个新的急需解决的课题摆在了医务工作者面前，那就是如何解决不孕不育患者的生育障碍问题。

随着现代科技的发展，人为地控制和调节生育已成为现实。辅助生殖技术经历了人工授精、体外受精（试管婴儿）和由此衍生的显微受精技术几个阶段后，不孕不育夫妇借助辅助生殖技术怀孕的概率为30%～50%。自1978年7月25日世界上第一例试管婴儿路易斯·布朗（Louise Brown）在英国诞生以来，辅助生殖技术已广泛应用于各种不孕症的治疗中，如输卵管疾病、卵巢功能不良、免疫排斥不孕症、子宫内膜异位症、由男方原因导致的不孕症以及其他原因不明的不孕症等。

目前，试管婴儿技术在许多发达国家已经得到普及、认可和立法。而这一科学技术的最大优势就在于它成功率高且治疗时间短，并适用于绝大多数原因导致的不孕不育患者。据统计，在部分欧洲国家，试管婴儿的出生比例已接近5%。

我国的第一例试管婴儿是1988年由张丽珠教授在北京医科大学第三医院完成的。她为我国试管婴儿辅助生殖技术的应用开辟了先河，使这一高科技领域的科技技术在临床的应用与实践中日趋成熟。目前，体外受精和胚胎移植技术已在我国各地临床上得以广泛应用，给成千上万的家庭带来了福音。

张秀兰与“神州试管婴儿之母”张丽珠在一起

试管婴儿辅助生殖医疗技术是现代生物技术、医疗技术和其他科学技术发展的总和，是人体组织学、胚胎学、生物学和现代医学发展的高科技产物。这一高科技领域的专项技术也是显微技术，具体包括促排卵技术、体外受精技术、ICSI（卵胞浆内单精子注射）技术、胚胎培养技术，以及卵子、精子和胚胎冷冻技术。

促排卵技术通常称促排。妇女在育龄期间，一般每个月会排出1枚卵子，有极少数人可能排2枚或3枚甚至更多。妇女排出的卵子都是在体内正常成熟的，但是在每个月正常排出的成熟卵子的背后，还有大量的卵母细胞在“护送”。而不管排出的成熟卵子是否受孕，这些“护送”它的卵母细胞都是它的“殉葬品”。促排就是通过药物促使这些“殉葬品”中的一些卵母细胞达到成熟，有时候成熟的卵子会有2枚或2枚以上，多时能达到十几枚。

体外受精技术，顾名思义，就是由于男女双方或某一方的原因致使女方不能正常怀孕，而通过必要的设备和技术手段从男女双方体内取出精子和卵子，在体外创造的与妇女体内正常怀孕条件完全相同的环境中使精子和卵子结合成为合子（胚胎）的技术。在合适的时候，再将胚胎植入女方子宫内，使女方成功怀孕。

ICSI 技术也叫“第二代试管婴儿技术”，就是将筛选出的单个精子直接注入卵子内使其受精。这项技术早在 20 世纪 90 年代就成功应用于由男性因素（精子数目少、精子活动力低等）引起的严重不孕症的治疗。

卵子、精子和胚胎冷冻技术是将卵子、精子和胚胎置于 -196℃ 的液氮内急速冷冻存放，待需要时随时可以复苏使用的技术。这种冷冻技术对卵子、精子和胚胎没有损伤，它们复苏后与正常的一样。这一技术在试管婴儿助孕过程中是至关重要的。

有资料显示，我国的不孕不育患者超过 2000 万。造成人们不孕不育的原因有很多：一是错过了最佳的生育年龄。如今人们的生存压力普遍比较大，尤其是在大城市里，大多年轻人 30 岁以前都在为事业和未来打拼，错过了最佳的生育年龄。二是环境污染。环境污染是当下许多国家普遍存在的问题，环境中各种有毒有害的物质慢慢地侵害着人们的身体，也会导致一部分人患上不孕不育症。三是人们生活习惯的改变。有了电脑以后，人们的生活习惯发生了很大的变化。人们的户外活动减少了，尤其是生活在大城市里的年轻人，经常长时间坐在电脑前，有时还白天和黑夜颠倒，作息没有规律，使身体一直处于亚健康状态，这也提高了患上不孕不育症的概率。有调查显示，在我国的精子库中，18 ~ 25 周岁的捐精精子的合格率只有 50%，其中很多人的精子数目不到 2000 万，而精子数目低于 2000 万就很难使女方怀孕。

张秀兰早在十几年前就看到了这一问题，也意识到了自己作为一名医务工作者的责任。作为一名妇产科医生，她清楚地知道治疗不孕不育涉及高科技领域，要解决这一问题谈何容易！但是，她并没有因为困难而退缩，而是迎难而上，组建了德州市人民医院生殖中心。

试管婴儿技术属于妇产科学里的尖端科学。如果说妇产科学是一顶皇冠的话，那么生殖医学科学就是这顶皇冠上装饰的明珠，而试管婴儿助孕科学则是被明珠环绕的一颗闪亮的钻石，预示着人类繁衍的光明前景。

在这一高科技领域里，张秀兰的技术是成熟的，工作上也轻车熟路，因此她期待在深圳把自己的才能发挥出来。面对挑战，她已经做好了一切准备。

三　四部曲

常言道，凡事头三脚难踢。面对新的工作环境，张秀兰初来乍到，肯定有诸多不适应。但她没有考虑那么多，而是和以往在德州市人民医院时一样，把自己置身于一个重要的位置。有人问她："你到一个新的环境，一开始怎么做?"她说："先让患者认识我，然后再接受我。"年近花甲的张秀兰面相沉稳，说话不多但和蔼可亲。面对患者，她诊断时认真果断，手术时镇定细致。到深圳武警医院生殖中心不久，她就给同仁及患者留下了深刻的印象。

"坚守、死盯、搞定、坚持"是张秀兰遵循的四部曲，即坚守岗位，死盯患者问题，搞清患者病因，坚持对症治疗。她每一步都毫不放松，决不懈怠，直至病人怀孕成功，之后再进行随访。积极做好每一步，认真对待每一位患者，精心处理好每一个细节，千方百计让患者满意，是她工作中一直坚守的原则。

到深圳 3 个月后，张秀兰已经完全适应了那里的工作，但生活方面对她来说是个考验。德州和深圳相距近 2000 公里，南北方的生活环境和生活习惯差异很大，她需要慢慢适应。医院的领导为了照顾她，准许她的一位亲属来深圳陪伴她，医院给陪伴者安排工作。张秀兰的侄女马娟很快就来到了深圳，与她一起生活和工作。从此，张秀兰放开了手脚，视医院为家，全身心地投入了工作中。

有一位外地的患者，费尽周折好不容易找到了深圳武警医院生殖中心。但她人生地不熟，到那里时中午饭还没吃。张秀兰就从家里给她带来了午饭，这位患者非常感动。还有一位外地患者，病症是原发性不育，丈夫陪她去了全国很多家医院都没有治疗成功，他们便抱着试一试的想法来到了这里。取卵后，患者出现了过激反应，情绪十分不稳定，不吃饭，丈夫怎么劝说她也不听。张秀兰在家里做好了鸡蛋汤带到生殖中心，坐在沙发上用小勺亲自一口一口地喂她。这位患者说，她先前去了很多家医院，也见了很多有名的医生，还从来没有遇到过像张秀兰这样的医生。如果不是她亲身经历了这件事，她真不敢相信这是事实。于是她一边喝着鸡蛋汤，一边流着感动的泪水，不停地点头应答着张秀兰对她的劝导。张秀兰为什么要这么做？她的回答简单自然：“她丈夫喂她，她不吃；我喂她，她就不好意思不吃了。不吃饭怎么行啊！别说是病人，好人也不行啊！好好吃饭才能恢复得快啊！”这话说起来简单，可真正做起来就难了。张秀兰对患者这样做不是第一次，更不是最后一次。

用医术点亮人生，用医德温暖人心。张秀兰对病人的好，许多患者记在心里，也以真情来回报她。在她来深圳的这些年中，竟有几十位患者认她为“干妈”，经常来看望她。这里面有她治疗成功的，也有治疗不成功的。非亲非故认干亲，只有感恩能使之。张秀兰与她们之间的感情已经超越了医生和病人的界限，她们都把对方视为亲人，互相牵挂。

被张秀兰治愈的患者都对她的医术十分佩服，于是她们自发地宣传。大家口口相传，一传十，十传百……一时间，张秀兰在社会上声名鹊起。这时的张秀兰，没有社会人情牵制，没有行政事务干扰，一门心思扑在工作上。集团的领导和中心的李主任都看到了张秀兰的能力，准备委任她为中心的业务主任，但张秀兰知道后拒绝了。她说："我刚刚卸了任，现在只想专心致志地搞专业技术，不想当官。"但医院领导后来一再做她的工作，她只好接任了这一职务。

张秀兰退休前，在德州市人民医院管理80多人的妇产大科近20年，如今管理20多人的生殖中心，于她而言不算难事。在工作中，她一直兢兢业业，把单位的事当成自己的事，处处起模范带头作用，所以生殖中心在她的管理下很快就步入了良性发展的轨道。2007年春节，集团和中心的领导都回家过年了，张秀兰却带领所有值班人员坚守岗位。大年初一这一天，她想让值班人员也能感受到过年的味道，感受到集体的温暖，就对负责行政的任磊说："你组织一下，让所有的值班人员集中到市里吃饭。"她说这是集团领导安排的免费午餐。大家听了都很高兴，但实际上这次的餐费是张秀兰自己出的。

随着生殖中心工作的稳步发展，张秀兰也成了技术层面的核心人物。对此，张秀兰非常冷静。她心里很清楚，她每一步的成长，都浸润着一位前辈的教诲。这位前辈就是"神州试管婴儿之母"张丽珠教

张秀兰和儿子与张丽珠夫妇合影

授，她也是深圳武警医院生殖中心的名誉主任。张教授几乎每年都会到生殖中心来指导工作。2011 年 10 月，生殖中心举行“成立十周年庆典”时，90 高龄的张丽珠教授亲临现场。

张教授非常器重张秀兰，她欣赏张秀兰的人品和医德，每次来生殖中心都手把手地给她传授技艺和经验。张秀兰曾在日记中这样写道：

2003 年 6 月 27 日

今天下午 5 点，张丽珠教授给我们开了会，总结了我们的工作成绩，也指出了很多不足。我就工作中遇到的问题（如：空卵综合征如何解决，有没有更好的处理办法；促排卵成熟后需要打绒毛膜促性腺激素的当天，如果黄体酮高了，高多少就不能再进行胚胎移植了；泌乳素升高影响卵巢功能，严重时会造成闭经怎么办；子宫内膜过厚，超过 1.3cm 时，是否影响胚胎移植成功率……）向张教授请教，她为我做了解答。我从中学到了很多知识。

张丽珠教授的亲临教诲，使张秀兰的技艺大增，也使她在生殖界的声誉越来越高。这些年来，在事业上如日中天的她亲手完成试管婴儿上万例。在 2009 年之前，张秀兰已经是我国生殖界试管婴儿成功率超过 50% 的主要专家之一，曾创下连续 5 个月成功率高达 70% 的佳绩。她还创造了让 51 岁且已经绝经的妇女成功怀孕的奇迹，被患者称为“送子观音”。

在张秀兰的带领下，深圳武警医院生殖中心的牌子越来越响，全国各地的不孕不育患者慕名而至，她也受到了生殖中心及武警医院总院的高度赞扬。

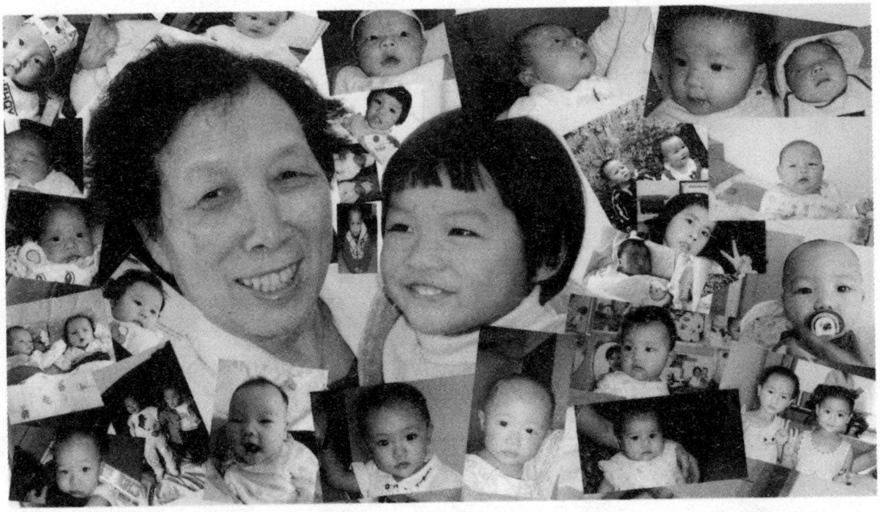

"送子观音"张秀兰和她的孩子们

从下表的数据中就能明显看出张秀兰在生殖中心的完成例数和成功率上所起的决定性作用。她每年都能完成生殖中心实际完成例数的一半或超过一半。

随着生殖中心每年完成例数的增加，张秀兰的治疗成功率也随之攀升，最初是30%，后来高达70%，令深圳市乃至全国的同行都刮目相看、惊叹不已，这在世界生殖史上也是一个奇迹。

张秀兰在深圳武警医院生殖中心历年例数与成功率完成情况表

年度	独立诊室个数	全年计划完成	全年实际完成		中心总平均成功率（%）	张秀兰平均成功率（%）	张秀兰最高成功率（%）
			总计例数	其中张秀兰完成例数			
2003	1	200	224	224	31.10	31.10	35.20
2004	1	300	362	362	33.16	33.16	36.08
2005	2	400	489	408	35.89	36.76	51.20
2006	2	500	711	519	36.14	38.22	70.00
2007	2	700	1079	701	37.00	41.37	62.09

（续表）

年度	独立诊室个数	全年计划完成	全年实际完成		中心总平均成功率（%）	张秀兰平均成功率（%）	张秀兰最高成功率（%）
			总计例数	其中张秀兰完成例数			
2008	2	1000	1665	950	40.94	45.08	51.71
2009	3	1500	2016	1086	45.17	52.36	66.15
2010	3	2000	2664	1316	49.04	56.05	71.00
2011	3	2600	2949	1520	53.60	58.95	68.30
2012	4	3500	3788	1860	—	—	—

有的知名教授专门把张秀兰接诊的病例抱回家，仔细琢磨，认真研究，想找出其中的秘籍。谈及秘籍，张秀兰说：“其实我也不比别人高明多少，我只是用心去对待每一例病例，认真对待、仔细操作就是‘秘籍’。当然，也离不开同事的帮助和领导的支持，不管自己的技术有多么高超，环境因素都是很重要的。”

四　只要不倒下，就干下去

由于在深圳武警医院生殖中心做出的骄人成绩，张秀兰成了深圳市的焦点人物，也成为各家媒体追逐的对象。

《羊城晚报》2008 年 6 月 24 日的“深圳 · 生活”版以《她们是迎候生命的使者》为题，报道了深圳武警医院生殖中心的事迹，其中一段是这样说的（有改动）：

> 张秀兰主任说，对不孕不育患者而言，要解决的不仅是她们身体上的疾病，更重要的是心灵上的痛苦。试管婴儿是不孕不育患者的最后一个希望。如果不成功，她们将一辈子承受来自家庭和社会的压力和歧视，甚至会致使家庭破裂，焦虑、担心和害怕是不孕不育患者普遍的心理特征。

《深圳特区报》2011 年 11 月 16 日的“AII · 4 专题”刊出了整版报道，标题为《6765 个孩子共同的家——写在深圳武警医院生殖中心成立十周年之际》，上面还附有张秀兰与护士马娟的工作照片。这篇报道中是这样说的（有改动）：

用心行医　大爱希声

——记深圳武警医院生殖中心首席坐诊专家张秀兰教授

良师益友、平易近人、热爱生活、医术精湛、对患者像家人一样亲切，这是张秀兰教授给身边的同事和患者留下的深刻印象。

“作为一名医生，看到患者脸上露出笑容时，我就觉得无比欣慰，再苦再累也值得。”她是这样说的，也是这样做的。作为深圳市武警医院生殖中心的首席坐诊专家，从事妇产科临床工作30余年，如今已经60多岁的张秀兰教授依然奋战在临床第一线，给成千上万不育不孕家庭送去了欢笑和喜悦，许多患者亲切地称呼她为“张奶奶”。

张秀兰教授是山东人，是“神州试管婴儿之母”张丽珠教授的得意弟子，2003年进入深圳武警医院生殖中心工作，转眼已近10个年头。在这期间，凭借生殖中心精良的医疗设备、技术高超熟练的团队配合、新技术新疗法的不断引进，张秀兰教授也迎来了自己事业的又一个春天。

2006年5月至7月，她连续3个月完成试管婴儿周期数100例以上，成功率达到70%；2010年，她又是连续4个月成功率保持在70%以上，这是一个在世界范围内都难以企及的高度；2010年，张秀兰教授还创造了一个国内纪录，年度个人完成试管婴儿周期数1316例，被业界称为奇迹。如今，经过张秀兰教授诊治诞生的试管婴儿已经有3000多名。在这背后，是她近十年如一日的辛劳和付出。

原本每周二是张秀兰的休息日，但为了帮助更多的患者，她主动提出只休息半天。如今每周二的上午，在医院经常能看到张秀兰教授忙碌的身影。工作时间长、强度大，她却从来没有抱怨过。“很多患者都是从外地专门赶来，心情急迫，让他们能早日怀上宝宝，家庭幸福，对一名医生来说就是最大的快乐。”张秀兰的话语朴实而动人。

放松心情成功受孕

李梅是深圳一家广告公司的老总……在北京一家医院治疗时，医生向李梅夫妻俩推荐了试管婴儿。经过一个多月的诊治，第一次试管婴儿失败了。半年以后，李梅夫妻俩调理好身体，再次奔赴北京，然而第二次试管婴儿又失败了。沮丧不已的李梅差点做出了傻事，一口气吞服了几十颗安眠药，幸亏被丈夫及时发现。

就在夫妻俩心灰意冷之际，有人向李梅推荐了深圳武警医院生殖中心。当李梅第一次来到医院时，正巧“神州试管婴儿之母”张丽珠教授在这里指导工作并坐诊，张丽珠亲自为李梅进行了诊治，并建议其采用第二代试管婴儿技术，随后张丽珠教授的得意弟子、首席坐诊专家张秀兰教授为李梅进行了后续诊治。

张秀兰仔细了解分析情况后，认定李梅精神压力太大，导致内分泌失调，胚胎不能顺利着床。根据张秀兰教授的建议，李梅将公司交给了丈夫打理，自己专心在家放松心情、调理身体。一年后，李梅顺利怀孕，并在2007年产下一个健康男婴，笼罩在家庭上空的阴霾随即消散。

…………

深圳武警医院生殖中心，那是我重生的地方，也是我永远的“娘家”。我永远忘不了张秀兰教授对我们一家人的恩情。我们家境不算好，当时诊治的费用还是借来的。张秀兰教授知道后，掏钱为我们垫付了B超费，后来还向医院申请为我们减免了一部分费用。去过那么多家医院，这样的好医生我还是第一次遇到，她就像我妈妈一样慈祥和蔼。可惜回到家乡生了孩子以后，我再也没去过深圳，真想牵着孩子去叫她一声“奶奶”。

——罗女士（湖南）

各大媒体的宣传使张秀兰的名字更响了，名气更大了，前来就诊的患者也越来越多。深圳武警医院生殖中心原本只有一个诊室，张秀兰也只带一个助理医师；后来患者多了，就设了两个诊室，她一个人带两三个助理医师，还有实习医生、学生、护士、导医等好几个人也跟着她，工作量增加了一倍。生殖中心为了改善她的工作环境，把诊室换成了面积更大的，但还是不够用，最后干脆在诊室外安排了一个有近 50 个座位的候诊厅，专门由导医安排患者的就诊顺序并维持秩序。就这样，近 100 平方米的候诊厅里经常坐满了人，有时候连过道里也站满了人。

张秀兰与深圳武警医院生殖中心的同仁合影

后来，生殖中心为了照顾张秀兰的身体，安排她每天上半天班。但每天只要她一来，患者就蜂拥而至，一开诊就是一上午，中间连喝水和去卫生间的时间都没有。她一上午大约接诊 60 ~ 70 个病人，然后再去手术室做手术，做完手术就中午 12 点了。这时候候诊厅里还有很多在焦急地等着她诊治的人，而且大多数是全国各地远道而来的患者。望着患者恳求的眼神，张秀兰总是拖着疲惫不堪的身子继续坐下来，直到把所有的病人都诊治完为止。这样，她每天上半天班就接诊患者 100 多人，回到家总是下午两三点了，这时才开始吃午饭。

她每天的工作都是这样，家人看在眼里，疼在心里。丈夫经常劝她："你都快 70 岁的人了，要不不干了吧?"她却对丈夫说："我现在身体还可以，脑子反应也行，手脚也灵活。我多看一个病人，就能减少一个病人的痛苦。累点不要紧，只要不倒下，就干下去。"这些年来，除国内的患者外，张秀兰还接诊了多位来自美国、澳大利亚、加拿大、新加坡、马来西亚、日本、韩国、越南等国家的不孕不育患者。

这时候的张秀兰什么都有了，鲜花、掌声和赞美每天都围绕着她。生殖中心的功劳簿上有她，表扬栏上有她，光荣称号也有她的，但是她不满足于这些，她还要继续提升自己，燃烧自己，发挥余热。正是：

看她已是发如霜，
还创辉煌在南疆。
事业巅峰在此时，
春满杏林花芬芳。

第二章

梦想与成长

MENG XIANG YU CHENG ZHANG

一　童年、时代与理想

山东省平原县位于黄河冲积的鲁西北平原上，是汉末刘备曾任县令的地方。1946 年 7 月 4 日（农历六月初六），张秀兰在平原县张长村一户普通农家呱呱坠地，父母为她取乳名“玉婷”，人们都喊她“婷婷”。这一年，婷婷的父母刚刚收养了烈士内弟的遗孤（后取名张俊兰）。家中一年添了两个女儿，本就不宽裕的日子更加拮据起来。为了贴补家用，冬季农闲时，婷婷的父亲就走街串巷帮人修理风箱，母亲则一直在家操持家务。自记事时起，婷婷总是看到母亲坐在织布机前织布。母亲每天织几尺布，每五天赶一个辛店集，卖上几丈布。婷婷 5 岁时，母亲开始教她一些简单的针线活。她心灵手巧，很快就能帮父母干一些零活了。后来，家里又添了个弟弟，一家人的生活虽然艰苦，但也其乐融融。

张长村村东头有一个场院，场院东南处有一个院落，原是“张氏家祠”，1954 年改建成了张长村小学。这年初秋，婷婷已经满 8 周岁了。一天，她像往常一样和小伙伴们在场院里玩耍，却见一位老爷爷领着一个小姑娘向学校的方向走去。婷婷追上去一看，原来是同村的小伙伴秋莲。于是她就问：“老爷爷，你们这是干吗去啊？”老爷爷说：“送我小孙女莲莲去上学啊！”“上学？”婷婷听了一愣。那时她还不知道“上学”是什么意思，只是看到秋莲能去“上学”，就想是不是自己也能去，于是问：“老爷爷，我也想上学，行吗?”老爷爷说：“你也想去？家里人知道吗?”“不知道。”“那家里人让你去吗?”“不知道。”“那……好吧，我先领你去学校看看，回来你再告诉家里人。”

就这样，婷婷跟着老爷爷第一次走进了学校的大门，接待他们的是来自田庄村的田老师。老爷爷对田老师说：“我半路上又碰到一个，你看看行吗?”田老师问婷婷：“你叫什么名字?”婷婷说：“我叫‘婷婷’。”“你愿意上学念书吗?”“我愿意。”“你家里人知道你来学校了吗?”“不知道。”“你父亲叫什么名字?”“张云广。”“噢，张云广……”田老师思索着：“好吧，你先报上名再说，我们欢迎你来上学。”田老师拿起笔又说：“要先起个正式的名字啊！你叫‘张秀菊’行吗?”“不好听。”婷婷摇摇头。“那叫‘张秀兰’怎么样?”“嗯。”婷婷点了点头。

报完名后，老爷爷又领着两个小姑娘回来了。这位老爷爷年轻时曾走南闯北，因此很有见识。在回来的路上，他给她俩讲了一些关于念书的事，告诉她俩念书的重要性。当时张秀兰懵懵懂懂的，虽然什么也没有听明白，却把老爷爷的话记住了。她高高兴兴地跑回家，还没进家门就喊：“伯伯（当地人称父亲为‘伯伯’），俺去上学了，老师还给俺起了个‘张秀兰’的名字。”父亲听到后，脸上没有高兴的表情，也没有不高兴的表情，只是漫不经心地低声说了句：“愿意上就上去。”

时间过得飞快，一晃张秀兰就四年级毕业了。当时的学制和现在的不一样，小学时期分两个阶段：一到四年级为初小，五到六年级为高小（也叫完小)。张秀兰要上的高小在村北 1 公里以外的杨柳寺街。进入高小后，学习任务越来越重，承担的家务也越来越多，但张秀兰勤劳刻苦，把学习和家务都完成得很好，甚至可以说比以前做得更加出色。这时，她的心智已脱去童稚，走向成熟。

两年后，张秀兰顺利高小毕业，考入林庄中学。林庄中学距家近10公里，她只能住校，一个星期回家一趟。这是张秀兰第一次离开父母，一个人独立生活。后来，林庄中学被撤销，全部师生合并到平原三中（王凤楼中学）。张秀兰和同村的张春荣、张洪春姐弟俩，还有张凤英，4个人一起去了平原三中。此时，摆在很多学生面前的最大困难不是不断变化的环境，而是生活上的极度贫困。大部分学生无奈辍学，在校学生大量减少。平原三中原来一个年级有4个班，而这时加上林庄中学和其他学校合并过来的学生，一个年级才有2个班。据张秀兰的同窗好友于凤荣回忆："那个时候，大家的生活都相当困难，好多同学几乎要念不下去了。张秀兰家的情况稍好点，有时候她会把家里脱了皮的高粱米带到学校，用饭盒在学校大伙房的大蒸笼里蒸熟了，我们大家一起吃，都说好吃极了。"

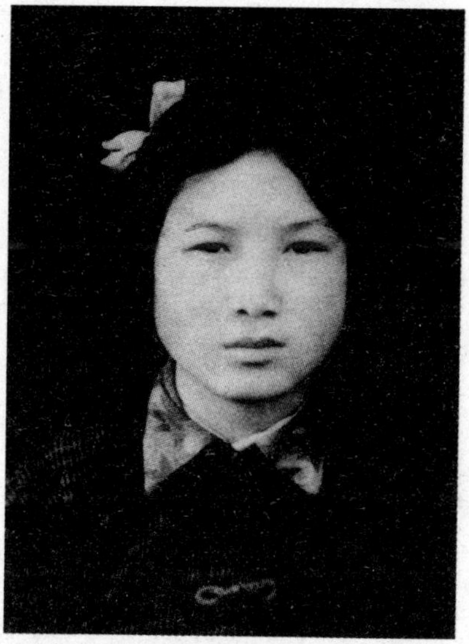

小学时代的张秀兰

虽然生活艰苦，张秀兰却从学习中找到了乐趣，成绩一路领先。初中毕业时，她可选择的高中有三所：平原一中、德州一中和德州二中。虽然平原一中离家近，但张秀兰还是决定选择离家远的德州一中。平原三中教务处根据每个毕业生平时的学习成绩，确定了包括她在内的8名学生报考德州一中，结果全都考上了。

欲求高学识，更远一段路。张秀兰家离德州一中有50多公里，她一个学期才能回家一次。在德州一中，她遇到了朱洪双等几位同窗好友，她们的友谊一直保持到现在。更重要的是，在这里，她遇见了人生中的贵人付国杰老师。张秀兰上高一时，付老师刚刚从曲阜师范学院毕业，担任张秀兰的班主任。刚刚走上讲坛的付老师比学生们大不了几岁。他激情似火，抱负远大，很快就和同学们打成一片，成为大家的“好兄长”。

在付老师的呵护与引导下，张秀兰懂得了，在成长的道路上，除了学习还有很多事情应该去做。高二时，她因表现出色被推选为班级的团支部书记。她积极配合老师做好全班同学的思想工作，还组织大家帮助有实际困难的同学。一天，张秀兰发现高秀英趴在课桌上不停地哭泣。她赶紧上前询问，原来高秀英家中有老人过世，但她身上没有钱，回不了家。张秀兰马上组织全班同学伸出援手，大家凑了几块钱让高秀英回家奔丧。为了能起到表率作用，张秀兰还主动向老师提出把自己的助学金让给家庭更困难的同学。

张秀兰一直都是这样，忠厚老实、任劳任怨，凡事总是先为别人着想，因此赢得了全班同学的广泛赞誉。除了积极为老师分忧和帮助同学，张秀兰对学习也从未有过丝毫的放松，她的学习成绩一直名列前茅，而且在学习上韧劲可嘉。据说，有一次，她为了解一道数学题，竟用了 7.5 个小时，终于解出了答案。有这样刻苦钻研的学习精神，怎么可能学习不好呢！

张秀兰还十分注重体育锻炼。在学校里，她给自己定的任务是每天至少要跑 5000 米。她不但自己坚持跑步，还鼓励同学们和她一起跑，而且一跑就是数年。她到德州一中上学后，离家更远了，平时回家不方便，只能暑假和寒假回家。为了省几块钱路费，更重要的是为了锻炼自己的意志，每次放假时张秀兰就约同路的于凤荣和李金芳一块走着回家。德州一中离张秀兰家足有 50 公里，她们三个一般是早晨 8 点左右出发。刚开始时，三个人走得很快，一路上有说有笑，也不觉得累。走着走着，于凤荣和李金芳就到家了，只剩下张秀兰自己。因为走得太久了，又没有了同伴，张秀兰就会觉得疲累极了，两腿像灌了铅一样。但是，她还得咬着牙往前走。她走得最久的一次，是早晨8点从学校出发，到晚上8点才到家，共走了12个小时！暑假还好，白天比较长，还可以从树荫下面走。可是到了寒假，天黑得早，天黑前一般走不到家，张秀兰只能摸黑走夜路。她快到家前要走的那段路是坑坑洼洼的土路，由于天黑看不清，她只觉得脚底下凹凸不平、磕磕绊绊。路边的高树上时有夜猫子瘆人的叫声，野地里还常有野生动物在她的面前一窜而过，每一次异常的响动都会把张秀兰吓得冒出一身冷汗来。一天走下来，到了这个时候，常常是又冷又饿，特别考验人的意志，但张秀兰每次都坚持了下来。她每次放假走回家，双脚都会起满血泡。大姐心疼妹妹，看到张秀兰回来，赶紧烧热水给她泡脚。泡完后，张秀兰自己再用针把血泡一个个挑破。

一个十八九岁的女孩子在求知的路上如此不畏困苦，背后自有动力。张秀兰用自己的实际行动修炼心性、磨炼意志，因为她知道：在人生的道路上没有平坦的大道可走，只有那些不畏劳苦、沿着艰难崎岖之路一直攀登的人，才有希望到达光辉的顶点。

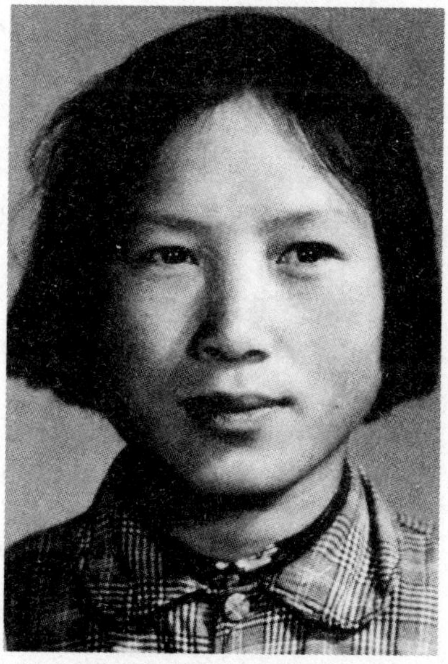

中学时代的张秀兰

1966年，张秀兰高中毕业，填好志愿书正等待高考时，“文革”开始了，大学梦顿成泡影，等待她的是回乡务农。正当她苦闷之际，党中央号召，新一代的年轻人要到农村去，到边疆去，到祖国最需要的地方去，要到大风大浪中去锻炼自己，使自己成为对国家有用的人才。张秀兰和其他同学一样，立刻心潮澎湃起来。她本来想当一名勘探队员，但命运使然，她还是回到家乡，成了一名农民。

后来，她遇到了人生中的又一位贵人、在教育系统工作的张秀路老师。那时，工农兵学员（后被称为“工农兵大学生”）的推荐选拔工作就是以教育系统为主进行的。张秀路十分了解张秀兰学生时期的情况，也了解她在家务农时的表现。因此，在他的支持和帮助下，张秀兰于1971年3月1日被推荐为工农兵学员，进入青岛医学院学习，终于圆了大学梦。

这是自“文革”以来大学第一次恢复招生。当时工农兵学员选拔的程序是：由基层推荐，县级选拔，地市级审核审批（包括政治思想等各方面都要合格），不再经过考试。1973年推荐第三批工农兵学员时，又增加了考试作为参考条件。

当时，青岛医学院按照部队营、连、排、班的建制安排刚刚到来的工农兵学员。青岛医学院为营级，一共招了4个连的学生，一个连4个排，一个排4个班。从现在来看，当时的“连”就是大学里面的大班或者系，“排”才是独立的班级，“班”则是小组。每个班一般有30名学生。张秀兰在二连二排三班，党支部设在连中，指导员王允金兼支部书记，连长张天祥为副书记，排长是任广水。张秀兰、袁秀玲、张兰英和庞秀英分在了一个班里，袁秀玲还被任命为班长。根据当时的形势要求，张秀兰作为学生代表被推荐参与学校管理。

当时，青岛医学院的学制是三年，但学生一般都会在那里学习三年半。因为当时招收工农兵学员对学历的最低要求是初中毕业，但也有初中只上了一年被推荐上来的，而1966年的应届高中毕业生则实实在在上了3年高中。这样一来，先不说学生学习好坏，单从学习时间上就相差了好几年。最初的半年就是要给一部分学生补一下初中或高中的课程，以缩小学生之间的差距，保证后期教学的顺利进行。

前半年的学习是在北镇分院（后来的滨州医专，20 世纪 80 年代末改为滨州医学院，后迁至烟台）进行的，这半年的学习对张秀兰来说基本上是多余的，因为她是以优异的成绩完成高中学业的。她完全可以不去上课，但她还是每天都认真地听课，一有时间还为那些文化程度低的同学补课。

大学时代的张秀兰

在青岛医学院，张秀兰在年龄、学习和生活上都成了很多同学的大姐，而同学们在平时也都这样称呼她。她成了学生中的“领头羊”，身后常有一大群同学跟着她问这问那。其中张兰英跟她跟得最紧，几乎是张秀兰走到哪里她就跟到哪里，张秀兰干什么她就干什么。

第一年的专业基础课，上半年也是在北镇分院上的，下半年有的课程，如“解剖学”，因分院条件有限，没有标本，只好回青岛去上。第二年的临床课都是在青岛上的，第三年则是由学校把学生分配到各地医院实习。这一年，张秀兰有幸领着一个实习小组回到了家乡，在德州市人民医院实习。半年后，他们又统一回到青岛，去青岛医学院附属医院做实践性的实习总结，并为毕业做准备。

二　来到德州

1974 年 7 月 31 日，青岛医学院第一批工农兵学员毕业了。这批大学生基本上是定向的，以各地区为组织单位，从哪里来的再回到哪里去，而且都要回到生产一线去锻炼。根据国家需要，也有异地分配的特殊情况。异地分配的一般都是离校较晚的学生，张秀兰就是其中一例。

当时，青岛医学院也像其他大学一样，已经连续七八年没有输入"新鲜血液"了，教师队伍出现了严重的青黄不接的现象。学校急需人才，学校领导准备选择一批优秀毕业生留校任教。张秀兰是全校有名的高才生，因此成了学校首选的留校对象。毕业前夕，学校政治部主任王祝文亲自找她谈话，给她做工作，承诺有教学（任助教）和行政（任中层领导）两种选择，还说留下来比回去更有前途。

然而，当教师和做领导，张秀兰都没有想过，这不是她的心愿。她一心想做的，就是当一名人民需要的合格的医生。她对学校领导说："我要回到德州去。"当学校领导问她为什么非要回德州时，她坚定地说："回德州不是因为我的家在那里，而是因为那里是北三区。大家都知道北三区是全省最贫穷、最落后的地方，我要去支援北三区，那里最需要我。"听了她的话，学校领导赞许地连连点头，再也不好意思挽留她了。

当时山东省的鲁西北三区，被称为“北三区”，包括德州地区、聊城地区和惠民地区（即现在的滨州市），是山东省最贫穷落后的地区。张秀兰此时爱上了医生这个职业，并把这一职业视为上帝赐给她的最好的礼物而倍加珍惜。因此，她抱着为人民服务的理想，执意要回德州当一名普普通通的人民医生。张秀兰坚持回德州还有一层原因，这里有她的老师、同学及好友，她想在自己熟悉的地方干一番事业，也想给这个贫穷落后的地方带来希望。

8 月 1 日以后，同学们陆续离开了学校，张秀兰是最后一个办完离校手续的，那时德州地区的同学都在等着她带队回德州报到。当时，德州地区的学生有整整 80 人，是学校集体买的车票，差不多够一节车厢了。下车后，他们一行人浩浩荡荡地走进了当时的德州地区行署，等待组织部统一分配工作。

张秀兰最想去的是德州地区最大的人民医院，没想到却遇到了问题。德州地区很多单位因技术人才严重青黄不接，使得一些工作已经无法进行。听说全国第一批工农兵学员毕业了，而且学生素质很高，各单位如获至宝，纷纷去“抢人”。

最先听到消息的是德州卫生学校，学校领导早早地就等候着这批大学生的到来。校长靳英首先抢到了张秀兰的档案，任人怎么说就是不放手。这下可急坏了张秀兰。她找到同学朱洪双和于凤荣，让她们出面去做工作。朱洪双找了市委组织部部长、市卫生局局长及人事科长，请求他们去做靳校长的工作。于凤荣当时已是这个学校的教师，也在帮着想办法。

其实，靳校长非让张秀兰去德州卫生学校是有自己的想法的。靳校长了解张秀兰的情况，认为她是一个好苗子，准备重用她。在市卫生局，靳校长与张秀兰面对面进行了多次谈话。靳校长坚持自己的想法和立场，张秀兰也一直坚持自己的想法。没办法，朱洪双只好找到时任市委组织部副部长的李志福。李部长被张秀兰坚持到基层工作的精神打动了，答应去找靳校长做工作。李部长与靳校长两个人非常熟悉，他找了靳校长好几次，再加上于凤荣也在做靳校长的工作，最后靳校长终于忍痛割爱，放走了张秀兰。

张秀兰如愿以偿地被分配到德州市人民医院。当时，她的同学和老师都希望她去内科，但她思来想去，考虑再三，还是决定去妇产科。当时同是平原老乡的妇产科主任宋祥瑞听说医院新来了大学生，就赶紧去要人。知道张秀兰愿意来妇产科后，她高兴极了。妇产科是个高风险的科室，天天面对的都是两条人命，而且还属于半体力性质的工作，非常劳累紧张，所以多数人都不愿意干。可张秀兰觉得这很有挑战性。她暗暗下定决心：要在人生新的征程上，用汗水印下足迹。

三　下乡巡医

德州市人民医院的妇产科是一个特别忙的科室，科里的几位老医生日夜奋战在第一线，都把身体累垮了，因此张秀兰一上班就直接战斗在了第一线。几位老医生没有时间带她，她就一边看书一边工作，自己在实践中慢慢学习。遇到问题解决不了时，她就请教有经验的老医生或老护士，再处理不了的就找上级大夫。在一年多的见习期里，张秀兰靠着自己的刻苦努力，基本上掌握了妇产科的一些常见疾病的诊断与治疗。

那时，去乡下巡回医疗是一项非常重要的政治任务。德州市人民医院组织了医疗小分队，包括妇产科、内科、外科、中医科等科室的医生，每科一名，由医院统一选调，一名副院长带队，长时间吃住在乡下。张秀兰被医院选为医疗小分队的一员，任务是去农村实施妇科疾病治疗、生育保健、妇女保健等工作，还负责宣传国家刚刚提倡的计划生育政策。

那时候，农村的医疗条件非常差。医院设施简陋，缺医少药，医检设备几乎没有，给病人治病最常用的方法就是一把中药或简单的西药片。一开始，张秀兰主要负责妇科病的诊断、治疗与普查工作。那时妇科病几乎不被人重视，妇女孕期没有一个查体的，就连生孩子也不到医院去，找个接生婆就生了，遇到难产就只好听天由命了。张秀兰知道，要改善农村的医疗现状，光靠自己一个人是不行的。她觉得当下最重要的是要抓紧给广大妇女普及妇科保健知识，另外还要提高乡村医院妇产科医务人员的医疗水平，培训农村的“赤脚医生”。这样“多管齐下”，才能快速地改善农村的医疗现状。

当时张秀兰还有一个更艰巨的任务，就是宣传计划生育政策。那时候在我国农村，人们受封建思想的影响，认为没有儿子传宗接代是万万不行的，所以很多夫妇不生出儿子来决不罢休。因此，在农村推行计划生育政策，实施一对夫妇只生一个孩子的难度可想而知。在这个过程中，医院的医疗技术水平越高，医务人员服务态度越好，人们接受起来就越快。

在德州市人民医院上班的头几年，张秀兰的主要工作就是在乡下巡回医疗。那时，只要有下乡的任务，张秀兰准是第一个报名的。因为她深知，了解基层人们的病痛，建立起相互信任的医患关系，是一名医务工作者最起码的职业道德，也是自己今后工作发展的基础。在乡下，张秀兰与很多农民都建立了深厚的友谊，所以每当乡下有计划生育任务时，医院都会点名让张秀兰去，因为她去了工作就好开展。

1977 年 6 月，张秀兰婚假未休完就去上班了，因为她听说又有下乡的任务了。医院领导知道她刚刚结婚，准备安排别人去。但张秀兰再三请求，非去不可。因为那时的计划生育工作已不仅仅是宣传，而是进行到了实施的阶段，张秀兰前期已经做了大量的基础工作，她去的话更有利于工作的开展。可医院领导还是不忍心，就说：“你不是刚结婚吗?”她却满不在乎地说：“刚结婚不正是下乡的好机会吗？等有了孩子，有了负担，更去不了了。”医院领导只好答应了。张秀兰这一去就是一个多月。

后来，张秀兰怀孕了。丈夫知道后心疼地对她说：“自己多注意休息，工作上别像以前那么拼命了。”但是，张秀兰哪里肯听丈夫的话，不但工作上的劲头丝毫没减，还一再嘱咐丈夫不要把自己怀孕的事告诉别人，因为她不想在工作中被特殊照顾。她怀孕快 4 个月的时候，有一天李德辉主任问她：“哎，秀兰，你是不是怀孕了？”张秀兰躲躲闪闪地说：“没有啊！”“没有？过来我给你查查。”李主任接着说。张秀兰一听就要跑，爱闹的几位同事拦住她，把她推到了李主任面前。她一看没法再隐瞒，只好承认了。李主任当场宣布：“以后工作你少干点，让她们多干点，你怀孕了要学会爱惜自己。”张秀兰嘴上答应着，但工作该怎么干还是怎么干，一点也没受到怀孕的影响。

她怀孕 5 个月的时候，医院又有下乡的任务，她还坚持要去。这一次，医院领导说什么也不让她去了，科里的领导也坚决不放她走。这次下乡的任务是去武城县的旧城医院。当时，那一带的计划生育工作正开展得如火如荼，广大育龄妇女积极响应国家的计划生育政策，听说有大医院的大夫要来，纷纷去旧城医院要求做女扎手术，因此旧城医院急需这方面技术过硬的医生，赵院长点名让张秀兰去。这可难坏了德州市人民医院的领导。赵院长听说张秀兰怀孕的情况后，也十分为难：时下正是地方落实国家计划生育工作的关键时刻，没有高水平的医生给育龄妇女做手术，工作可能不好开展。德州市人民医院的领导考虑再三，还是派张秀兰去了，并一再叮嘱赵院长，一定要照顾好她。

当时正是一年中最冷的时候，张秀兰怀着 5 个多月的身孕义无反顾地去了乡下。车子行驶在乡间凹凸不平的土路上，颠簸得很厉害，她一手抓着扶手，一手偷偷地紧紧护住自己凸起的腹部，很担心孩子会出问题。这时候，丈夫在家也很担心，但一点办法也没有，因为他知道张秀兰的脾气：她认准的事，是谁也阻拦不了的。

在旧城医院，张秀兰每天拖着笨重的身子，认真地对待每一位患者，不厌其烦地解答着患者提出的问题。她严谨认真的工作态度，旧城医院的所有医务人员都看在眼里，记在心里。张秀兰的敬业精神不仅感动了医院的医务人员，也感动了前来就诊的患者，人们都记住了张秀兰这位医生的名字。赵院长更是被她感动，激动地对她说："张大夫，要说我真对不起你，你身体这样还这么辛苦地工作。你对我们医院的帮助太大了，我们会永远想着你的。你不但是我们的老师，还是我们的好朋友。这里就是你的家，你随时可以来玩，我们等着你、盼着你。"这一次，张秀兰又圆满地完成了医院交给的任务，直到快过春节了才回到德州。

1984 年秋天，德州市人民医院与禹城县的地方医院联合办院。德州市人民医院的宋院长亲自带领一个由妇产科、内科、外科、小儿科等几个科室组成的庞大医疗队伍去那里指导工作。张秀兰又积极报名参加了这个医疗队。这一年，她的儿子刚刚 6 岁，丈夫也从业务部门走上了领导岗位，工作比以前更忙了，根本没有时间照顾家庭。没办法，张秀兰只好带着儿子下乡，住到了禹城县房寺公社医院。乡里的医院与德州市里的医院不一样，乡里的医院没有明确的上下班时间，不管什么时候，只要来了病人，医生马上就要到岗诊治或做手术。儿子也算乖巧，在张秀兰忙的时候，他就自己在院子里玩。慢慢地，儿子和医院里所有的人都熟了，不管是医生、病号还是勤杂人员，谁有空谁就和他玩。他还在这里学会了下中国象棋。

在房寺公社医院，张秀兰天天忙得不可开交，随时接诊不断前来的患者，放环、女扎、男扎……这些手术一般地方医院的医生本来就能做得了，现在有了张秀兰这个坚强的后盾，他们做起来就更大胆了。但是有些难度较大的病例还需要张秀兰亲自上阵，如大月份流产，难度很大，手术过程中不能出现一丝一毫的疏忽和纰漏。

为了更好地开展工作，张秀兰帮助房寺公社医院建立了手术室。

为了使手术室尽快启用，她与医院护士长王玉苹亲自上阵打扫卫生、准备各种医疗设备。张秀兰对工作认真负责的态度和高超的技术水平，赢得了地方领导和房寺公社医院领导杨森先及所有医务人员的高度赞扬。广大患者看到医院的这种改变，也打消了原先的种种顾虑，纷纷响应国家的计划生育政策，自觉来到医院做手术。

由于张秀兰在下乡巡回医疗和与地方医院联合办院方面表现优异，这似乎成了她的专属工作。每次有这样的任务，医院领导首先想到的就是她。她有着丰富的在基层医院工作的实践经验，总是能处理好各种关系，很好地完成任务。

四　奔赴唐山

1976 年 7 月 28 日，河北省唐山市丰南区（东经 118.1 度、北纬 39.6 度）一带突然发生里氏 7.8 级强烈地震，65 万多间民用建筑倒塌，24 万多人死亡，16 万多人重伤。地震罹难场面惨烈到极点，为世界罕见。

国家立即成立了抗震救灾指挥部，组织了全国性的救援工作。在很短的时间内，军队派出了 100 多个医疗队，5000 余名医务人员；山西、上海等多个省市也派出了 100 多个医疗队，1 万余名医务人员。紧接着，湖南、安徽、浙江、广西等 10 多个省区的医疗队也陆续赶到。医疗队的医务人员昼夜奋战，不仅使留治的伤员得到了及时治疗，还把在一个月内不能治愈的重伤员转运到了全国 10 多个省区市进行救治，创造了人类历史上救援工作的奇迹。

地震第二天，也就是 1976 年 7 月 29 日的中午，张秀兰从青岛医学院的老领导、后调到德州任地委常委的张立文书记那里听说“德州地区要组织‘赴唐山抗震救灾医疗队’，可能会以德州市人民医院为主”。下午，医院就接到了要组织医疗队去唐山抗震救灾的通知。张秀兰立即报了名，跟随由温院长亲自带队的二十几人的医疗队奔赴唐山。他们先是坐火车到了天津的杨柳青站，再坐飞机直飞唐山。

当张秀兰跟随医疗队走出唐山机场时，她发现眼前已分不出哪里是市区、哪里是郊外、哪里是城镇、哪里是乡村，到处都是一片废墟。各地的医疗队都来了，因为那里的道路已无法行车，医务人员只好在瓦砾之间行走，努力寻找一块较为平整的地方来开展救治工作。

张秀兰他们在一条扭曲的铁路旁边支起了帐篷，十几位女同志住在帐篷内，男同志都在帐篷外露天而宿。白天，在凹凸不平的路上，还有幸存的人们推着车、担着担在走。晚上，则是令人恐怖的寂静无声。张秀兰他们虽说是医务人员，都见过"大风大浪"，但一到晚上，内心仍然恐惧到了极点。

他们携带的食品很快就吃完了，面对的是无水、无食、无电的困境。他们曾捡过菜叶吃，还喝过沟里的雨水，温院长还冒着余震的危险去找过食盐。最后，在部队的帮助下，才解决了生活问题。

医疗队遇到的病例绝大多数都是外伤。对张秀兰来说，外伤治疗虽然不是她的本行，但是最基本的治疗和护理她还是完全可以处理的。她经常冒着生命危险，在大大小小的几十次余震中抢救病人。她还有一项重要任务，就是每天背着几十斤重的药筒打药，预防灾后瘟疫的发生。

当然，张秀兰作为妇科医生，解决妇科急症是她的本行，可也会有她始料不及的事情发生。有一次，张秀兰刚刚在帐篷中睡下，突然接到通知：5 公里以外有一名产妇难产。她二话没说，和王世勤、王少华两位主任一起背起药箱就出发了。当时天漆黑一片，到处都是瓦砾，但她们一刻也不敢停下。可当她们跌跌撞撞地赶到那名产妇的身旁时，却发现孩子已经没有了呼吸。张秀兰懊悔不已：因为自己晚到一步，一个小生命就这样消失了。后来很长一段时间，她都因此感到深深的愧疚和不安。

在唐山，生活的艰苦还不算什么，最让张秀兰痛苦的是日夜萦绕在她心头的那些惨不忍睹的场景。那段日子是她人生中最灰暗的一段时光。张秀兰经常思索：在大自然面前，人类是多么渺小啊！我们无法与自己办不到的事情抗争，只能接受现实。在灾难面前，我们只能选择自己能做的事去做。但只要有我们在，世界就会充满希望。

五　奉公职守

冬季的北方，白天特别短，午饭后不久天就黑了，对做事特别投入的人来说时间显得更短。

张秀兰又连续上了一周的夜班。吃过午饭，她休息了一会儿就起来看书。不上班时，她一般是在家里看书。她蜷曲在丈夫自制的布艺沙发里，把书放在旁边的小茶几上，看得专心致志。

看书看得有点累了，她抬头看了看墙上的挂钟，自言自语道："哎呀！到点了，我该走了。今天还要早走一会儿，孩子也没接，饭也没做。"她正收拾上班要带的东西时，丈夫带着孩子回来了，看到她要出门就问："不吃饭就走吗？""来不及了，我走了。"她急匆匆地边走边说。"走吧，一会儿我给你送去。"丈夫安排好孩子就准备做饭。

张秀兰在家的时候，一家人也很少能一起按点吃饭。她的心思总不在这里。一开始，她还能去幼儿园接一下孩子，后来接孩子接得也少了，丈夫干脆把孩子转到了自己单位的托儿所，这样自己来回带着也方便。但丈夫工作也很忙，经常不能按时去接，所以孩子在幼儿园常常是最后一个被接走的。张秀兰的全部心思都在工作上，很少管家里的事，丈夫只好忙里又忙外，为此两个人也有吵架的时候。这时候，她就对丈夫说："我们的工作和你们工厂里的工作不同，你们偶尔出废品不会出现严重后果，但我们在工作中不能有一点失误，我们一旦失误就是人命关天，出废品就等于死人!"的确，她的工作性质就是这样，丈夫只能忍耐。

张秀兰上夜班的时候，丈夫常常要在家做好饭，晚上八九点钟的时候带着孩子给她送去。有时候，一家三口在医院里一起吃。特别忙的时候，她饭也没空吃，经常是第二天再原封不动地带回家。后来，张秀兰就不让丈夫给她送饭了，一般是自己在医院食堂里简单地吃一点。

张秀兰的表弟许元奎夫妇离开东北到德州安家后，好几次到家里看望张秀兰，都未能见到她。这天一大早，他们夫妇二人又来到医院宿舍北院，想赶在张秀兰上班前见见她。当时，张秀兰还住在北院最后一排房子里。许元奎夫妇二人快要走到那栋楼楼下时，就看到张秀兰恍恍惚惚地从家里出来，撞在了路旁的电线杆上。他们俩赶紧上前扶住了她。张秀兰一边摸着被撞的额头，一边说："抢救了一夜病号，刚想回来歇一会儿，这不又来电话说有急诊，我得赶紧去医院。你们先到家里去吧，家里有人。"说完，她就急匆匆地朝医院赶去。许元奎夫妇二人望着她的背影，只能无奈地摇头。

张秀兰常常调侃自己："我的身体还是很棒的，几台手术下来还能站着。"的确，有些年轻的助手和护士都熬不过她，经常晕台。其实，人的体力没有太大的差别，精力也都差不多，只是每个人的工作精神有较大的差别。精神就是力量的源泉，能让张秀兰在工作岗位上永远"挺直站立"的就是这种精神。

张秀兰上夜班上得挺多，而且一上就是一个星期，有时候还要上夜间零点的夜班。早期，医院的宿舍区和工作区在同一个院子里，张秀兰夜里几点去上班丈夫都不用担心她路上的安全问题。后来，医院整顿工作环境，把宿舍区和工作区之间的门堵上了，从宿舍区去工作区就要从院子外面的马路上走了。虽说两者之间的距离不远，只有 500 多米，但夜间零点的马路上几乎没有人，路灯的灯光又暗，张秀兰走在马路上就十分害怕。丈夫对她这么晚去上夜班也不放心，所以每当她上零点的夜班时，丈夫都让她先去睡，自己看着时间，到点后把她叫起来，再把她送到单位。正常情况下，张秀兰下了夜班，上午 10 点以前能回到家，但她常常是中午 12 点才到家。因为下了夜班后，她还有些手术要做，有时候忙得连早饭都顾不上吃。所以，她每天都是拖着极度疲惫的身子回家，回到家后倒下就呼呼大睡。

张秀兰对每台手术都无比认真。手术前一天晚上，她一定要做功课至深夜，对手术的操作过程、具体步骤、重要部位的关键细节等都做到心中有数，还对手术过程中可能出现的各种意外情况准备好预防和应对措施，以确保手术万无一失。在较大的手术之前，她还主动联系麻醉医生、助手、护理人员等，与他们共同研究手术方案，以确保手术的成功。这些年来，张秀兰在临床诊断和手术操作上从未有过失误。

张秀兰还是一个善于学习的人。在她上班的头几年，尤其是在还未生孩子的时候，她除了上班就是学习。在那段时间里，她重温了大学里学过的所有内容，重点复习了专业基础和专业临床知识。在医院里，她也是一边看书学习，一边医治病人，在每天的临床实践中摸索前行，自我成长。后来，张秀兰在工作上已经能独当一面了，仍然不忘勤学苦练。她不仅向各位主任学习，还向同事学习；她不仅学习他们的诊疗技能，还学习他们的为人。她还经常利用外出开会的机会，与同行们进行交流，以拓宽自己的学术视野。

另外，张秀兰还积极地参加各种外语学习班。她刻苦认真，总能以优异的成绩拿到结业证书。后来，张秀兰评高级职称时参加职称英语考试，偌大年龄的她，靠自己的实力顺利过关。

为了提高医疗水平，德州市人民医院经常派医生出去进修。出去进修对一个医生来说是一件非常好的事情。在进修期间，没有了工作上的压力与紧张的工作节奏，是一个休整的好机会，而且还能学到一些新知识和新技能。但是，出去进修不是谁想去就能去的，这需要医院统一安排。医院一般会根据平时的工作表现、对医院的贡献以及有没有培养价值来确定进修的人选。

1988 年，张秀兰第一次出去进修。这次进修是去山东医科大学附属医院，进修时间为一年。在那里，她跟随妇产科的孙树山教授学习。她深知这是来之不易的提高自己医疗水平的大好机会，因此倍加珍惜。一年的时间里，她又重新过起了单身生活。虽然济南距离德州并不算远，但她很少回家，把所有时间都用在了学习上。那个时候家里没有电话，联系很不方便，丈夫只能利用去济南出差的机会和她见面。如果周末有亲戚朋友去济南，儿子会跟着一起去，看妈妈一眼再匆匆回来。通过这次进修，张秀兰在业务水平上有了很大提高，尤其是在手术方面，得到了诸多专家的指导。

1990 年，经医院同意，张秀兰又去北京协和医院妇产科进一步深造，跟随徐玲教授学习。这次医院没有安排住宿，住宾馆费用又太高，于是她就借宿在了家在北京的姨妈那里。姨妈家离北京协和医院比较远，张秀兰只能坐公交车去医院，中途还要换乘一次，这样每天在路上的时间就需要 3 个多小时。这时，张秀兰已经人到中年，又查出患上了中老年膝关节髌骨软化症，这次进修的辛苦可想而知。

1994 年年初，德州市人民医院要申报三级甲等医院，这使本来就已经很忙的张秀兰更忙了。

积极努力地去争取创建“三甲”医院，这是每家医院的目标，目的就是借机使医院上水平、上等级，从而以更高的医疗水平和服务标准服务于广大人民。考核方式是：由省一级的医疗卫生管理部门成立专门的专业高级评审委员会（高评委），对申报评定“三甲”的医院按照具体标准实施考核，考核按1000分制，必须获得900分以上才能被评为三级甲等。考核的主要项目是医院的医疗服务与管理、医疗质量与安全、技术水平与效率等，同时医院还必须要有500张以上的床位。

大家都知道，创“三甲”医院是一个耗时又耗神、累人又累心的事情。当时，德州市人民医院妇产科的几位主任相继离任，只剩下张秀兰自己暂时主持工作。有着80多人的妇产科是医院里的一个大科室，也是对医院贡献最大的科室之一，因此被医院定为重点科室和样板科室。这个科室的病人的特点是来得快走得也快，急症也多，所以给病人诊治的时候必须认真仔细、干脆利落，处理问题一定要及时。否则，哪怕有一丝一毫的疏忽，都可能导致人命关天的大事。以往，这个科室都有两名以上的主任，而且还都是富有经验的。现在是张秀兰一人主持工作了，况且她还年轻，又缺乏经验积累，可以想象她的工作情形和工作压力。一开始，张秀兰由于管理经验不足，遇到事情总是着急。但后来她发现着急解决不了任何问题，只能使问题变得更糟。慢慢地，她学会了“弹钢琴”式的领导方式，学会了调动大家的积极性，发挥大家的潜能。她和大家一起研究制定了有关规定和制度，并带头执行，亲自检查，使科室的整体工作有了很大提高。

正当张秀兰忙得不可开交时，她的父亲患了淋巴癌。为了让父亲得到更好的照顾和接受最佳的治疗，她把父亲从老家接到了自己家里。每天忙完工作，她就赶紧回家照顾父亲。那段时间，她整天忙得像个陀螺一样停不下来。

创“三甲”医院，对德州市人民医院来说是一件大事。妇产科作为样板科室，要先行一步，起到模范带头作用，所以任何事情都要严

张秀兰与德州市人民医院的同事在一起

格按照考核标准来做。考核的标准主要有：技术水平是否达标，病历是否规范，档案管理是否正规，规章制度的落实是否到位，床位数量、医疗设备、环境卫生等是否达标。每一项标准都意味着巨大的工作量。就拿工作量相对较小的环境卫生达标来说吧，张秀兰带领大家一起认认真真地把整个科室的环境卫生清洁了一遍，结果检查后不合格，需要整改，整改后再检查，还是不合格，再整改、再检查，仍然不合格……最后不知整改了多少遍，总算合格了。由此可见，创“三甲”的工作量有多么大。

在医院创“三甲”的过程中，高评委随时监督检查，给出了许多建设性的宝贵意见。张秀兰针对这些整改意见，带领全科人员做了很多具体工作。那段时间，她脑子中几乎没有了上下班的概念，只要医院有事，她连饭都顾不上吃，抱着被子就走了。后来丈夫问她为什么上这么多夜班，而且还要带着被子，她说不是上夜班，而是有时候干完工作太晚，回家不方便，同时也是为了节约时间，她就睡在办公室的连椅上。那段时间，每次回家，她都是高卷着裤腿，穿着脏兮兮、湿漉漉的衣服，蓬头垢面。丈夫看到她这个样子，既心疼又无奈，只好挥笔慨叹：

> 清晨：医花放歌迎朝阳，临床度时光，工作为舞。
>
> 傍晚：天使踏月不忍归，苦累又何妨，生活如歌。

张秀兰每天都满腔热情、朝气蓬勃地投入工作。半年后，医院经过无数次整改，终于迎来了最后由高评委验收打分的关键时刻。但遗憾的是，医院由于整体水平的关系，最后被评定为“三乙”医院。尽管这样，张秀兰带领的妇产科仍然得到了高评委的高度赞扬，真正成了医院的先进科室和标准科室。同时，高评委也给了张秀兰本人一个极高的评价。在本次评审情况的通报会上，评审团团长孙龙在总结发言中曾经提道：

> 我们看了几个科室，两个重点科室，尤其是妇产科，我们觉得这个科室的后备力量（很强），后劲还是很大的。中青年（人）好学上进，在我们的交谈中、在讲座文章中都能看出来，这位张主任是一位老模范、省级优秀共产党员和“三八”红旗手，当然除了业务在各个方面也是比较全面的，我想可以这么说：山西有个赵雪芳，德州有个张秀兰，这也是我们地区医院的骄傲……

次年，妇产科成为德州市人民医院唯一被评上省重点科室的部门。

当时，社会上正在流传山西省长治市人民医院妇产科主任、太行山的女儿——赵雪芳的事迹，还以她为原型拍成了电视剧《一个医生的故事》。赵雪芳因此被评为全国卫生系统学习的榜样。赵雪芳从医30多年来，用精湛的医术为上万名患者解除了病痛，用高尚的道德情操展示了一位白衣天使的圣洁，始终把救死扶伤、解除患者疾苦、全心全意为人民服务作为自己的神圣职责。她勤业敬业，对工作极端负责，从未收过一分钱的红包，树立了人民医生应有的形象。她的座右铭是：医生不能离开临床，更不能离开病人，一个离开病人的医生，就等于没有生命的价值。从医以来，她没有节假日，没有周末，只有患者和工作。她医德高尚，医技精湛，作风严谨，为全国的妇产科大夫树立了榜样，被国家卫生部授予“白求恩奖章”。这是国家向医疗工作者个人颁发的第一枚奖章。对这位太行山的女儿，时任国务院总理李鹏亲笔题词：“救死扶伤，无私奉献。”她还被国家授予“全国巾帼建功标兵”和“优秀共产党员”荣誉称号。

张秀兰与被公开表彰的赵雪芳确实有着太多的相似之处，所不同的是赵雪芳已经离开了人世，而张秀兰还坚守在自己的工作岗位上。不可否认，张秀兰还有很多地方不及赵雪芳，这也正是她需要努力的地方。

1997年3月7日，《德州日报》周末版的第四版刊发了报告文学《杏林秀兰》，全面报道了张秀兰的事迹（有删改）：

往事遥不可及。

…………

许多年以前的家乡，在张秀兰的记忆中是一片苍白。在平原县尹屯公社张长村，张秀兰还是一个10多岁的小姑娘。她几乎隔不了多长时间就能听到死人的消息，这里面大多是她的乡邻和亲友。她不明白，为什么她们村患绝症的人特别多。她的心中隐隐升起一个希望：做个医生，救死扶伤。

高中毕业后，张秀兰如愿以偿地当上了一名赤脚医生。这位头上扎着两条小辫的姑娘背起了药箱走街串户。她自学了药理知识，还反复在自己身上试验针灸的穴位。

张秀兰凭着自己的天分与刻苦竟无师自通。那时，乡村的人穷，得了小病，不愿到医院买药，张秀兰就靠着一支银针，驱魔降怪，竟成为福泽一方百姓的“杏林圣手”。然而，张秀兰深知自己功力的浅薄。1971 年，她凭着一份全心全意为人民服务的事迹报告材料，受到了领导的赏识。不久，她被推荐上了青岛医学院。

张秀兰第一次站在产床前，是在 1974 年 10 月的一天。她从青岛医学院毕业后，被分配到了德州市人民医院妇产科。她内心深处有一个神圣而伟大的信念：为人民服务。这简单的几个字鼓舞了张秀兰那一代人，也促使他们终生奋斗。她要尽一名医生所能，使生命刚刚降临就能享受到爱的雨露。

“要孩子，还是要母亲”，这是人们在一些妇产科手术室门前常常听到的斥问，而张秀兰绝不轻易说出这样的话。作为医生，她要为两个生命竭尽全力。

1984 年，一位妊娠 7 个月的产妇住进了德州市人民医院妇产科。这位产妇是臀位早破膜，用催产素引产两天也没有发动宫缩，病人的体温已开始上升。如果不尽快结束分娩，将导致感染，威胁母子安全。如果剖宫产，由于孩子过小不能成活的话，产妇会因剖腹四五年之后才能再孕。尽管产妇的亲属已横下心来要保住母亲，但张秀兰却见微知著，以产妇些许的变化及时地向好的方面引导。那个晚上，她站在产床前，眼睛一眨都不敢眨，一次次地为产妇调整宫缩。那位唐山的母亲凄苦的眼神一次又一次地在她眼前浮现，那眼神似责备又似希望。那个眼神始终是她拂之不去的心灵深处的火焰，警示着她、告诫着她、激励着她……终于，凌晨4点，胎儿降世，母子平安，孩子的啼哭声和产妇家属激动的泪水驱走了她一夜的疲惫。

张秀兰家的电话号码是公开的。许多资深的大夫是不愿意公开自己家的电话号码的，原因很清楚：请勿打扰。而张秀兰无论病人是谁，都会认真地把自己家的电话号码告诉人家："有病请随时通知我。"由此，她家的电话成了公用电话。有时深夜来电话，她也要披挂上阵，绝无怨言。人们说，她还像个赤脚医生。

妇产科是全院公认的工作量最大的科室。1984年，她任主任后，工作更是千头万绪，许多慕名而来的病人找她，常常要排队等好长一段时间。为此，她舍弃了节假日，有时在家里一天就要接待二三十个病号。我曾问她何以有这样大的精力投入到工作中，她说了4个字：热爱生命。

这位原本喜欢养花弄草的妇产科主任对自己的职业有着深刻的见解：妇产科是生命的第一驿站，生命啼哭着来到这个世界上，妇产科的大夫就是第一个抚慰他的人。而对身处鬼门关前的产妇，妇产科的大夫又是她们的守护神。

河北景县一位姓王的病人身患绝症——恶性葡萄胎。为了保住她的生命，还要保住她的生育能力，在她入院后，张秀兰用几种药物给她联合化疗。不久，张秀兰又发现了一种新的更为有效的办法，便把平时搜集的民间验方反复甄选，终于配成一方。下班后，张秀兰亲自到药房取了药，送到产妇床前……然而，3天之后，病人竟出现了癔症，又哭又闹，吃喝不进。于是，有人便认为是新的办法有问题。张秀兰那些天茶饭不思，因为她知道这是性命攸关的事情。于是，她把病人接到家中，让她吃住在自己家，还亲自下厨给她烹制饭菜。几天后，病人被感动了，终于说出了心里话：反正得了恶性病，治不好，死了倒痛快。张秀兰对症下药，又请来病人的家属给她做工作，终于雨散云收，病人放弃了对生命的自弃。3 年后的一天，这位病人抱着一个白白胖胖的儿子前来致谢，张秀兰问她孩子叫什么名字，她说叫“敬医”。

20 多年来，张秀兰接生了多少孩子，救活了多少母亲，她自己也数不过来。这个城市不大，她走在街上，常常有人在背后叫她“阿姨”。她回头一看，当年在自己手下化险为夷的小生命如今已长成了血气方刚的毛头小伙。

初识张秀兰，她的朴实、和善与慈祥使人想不到她是一位名满杏林的妇产科专家。她的 20 多篇论文分别在国际和国内的各级学术会议上交流过，其中的 10 篇还被评为优秀论文。几年来，她编著了《小儿保健指南》和《妇产科并发症》两本书。1993 年，她完成的两项科研成果《中西医结合治疗高泌乳素血症的临床研究》和《输卵管妊娠保留腹腔血的临床研究》分别获得地区科技进步一等奖和三等奖，还分别达到了国内和省内的先进水平。

乡下走出来的张秀兰知道农家的艰辛，所以她总是千方百计地给那些远道而来的乡下病人算计着节省几个钱。有时她的家竟成了她们的集体食堂。有时住院的病人吃不上饭，她身为主任竟亲自跑到食堂给她们打饭。没人照顾的病人，她常常亲自守候在床边。

1994 年，一位东北的孕妇坐火车途经德州时突感腹痛，车站的同志把她送到德州市人民医院。这位产妇生产后，张秀兰自己又忙了一夜，一针一线地给孩子缝了被褥，把那位产妇感动得直落泪。产妇出院后写了信来。信里说：祖国处处有亲人，还是社会主义好。

西方的从医者在最初从医时，都要在被称为西方医学之父的希波克拉底的像前立下他那段著名的誓言。那段誓言的大意是这样：我愿尽余之能力及判断能力之所及，遵守为病家谋利之信条，并剪除一切堕落及不道德行为。无论之于何处，于男于女，贵人及奴婢，我之唯一目的，为病家谋幸福。我愿以此纯洁与神圣之精神，终生执行我职务。我苟违誓，神共殛之。

张秀兰没有学过这段话，但她所遵守的是另一个伟大的誓言：为人民服务。20多年来，她时刻遵守着这个誓言，以自己良好的医德和精湛的技术，赢得了群众的爱戴和社会的赞誉。1985年，她被评为山东省模范共产党员；1986年，她被推选为山东省卫生单位先进工作者；1988年，她荣获德州地区“三八”红旗手光荣称号，并当选为省第五次党代会代表；1989年和1994年，她又获省“三八”红旗手称号，并当选为省妇女第八次、第九次代表大会代表；1995年，她被评为全国卫生系统先进工作者和市级专业技术拔尖人才。

在众多的鲜花面前，张秀兰最珍惜的是那朵代表了她个性的默默吐出芳香的深谷幽兰。她木讷少言，但唯其如此，我们才能看出她的执着。她执着于自己的誓言，执着于那份纯洁与神圣的精神。

同年7月，全国特级教师付国杰老师撰写的《热爱生命》一文中收录了以上内容，这些内容后来又被收录到他1998年出版的专著《心迹》一书中。之后，此内容又由报道的原作者、当时的《德州日报》副主编李长征收录在《文学漂流》一书的第一辑“心灵之歌”中，该书1998年10月由中国文联出版公司出版。

1999 年，德州市卫生局又委托德州市人民医院为张秀兰整理了题为《让生命更辉煌》的先进事迹材料：

在二十几年的医疗生涯中，张秀兰同志兢兢业业、任劳任怨。在医疗服务中，她视病人为亲人，全心全意为患者服务，做到了只讲奉献、不求索取。妇产科急症多，为便于为病人服务，她干脆把自家电话号码留给每一位患者。只要病人有情况，她会随时丢下家里的一切事务，及时赶到病人身边，以她精湛的医术和高尚的医德温暖病人的心。……在人们惊叹红包盛行，谈论医生收受红包是否有悖于职业道德的时候，张秀兰以自己的实际行动做出了回答："请客不到，送礼不要，白衣天使，情操高尚。"张秀兰在工作中努力恪守职业道德，廉洁行医，医德高尚。她待病人如亲人，对病人送来的红包和礼品总是婉言谢绝。有很多次，她亲自把礼品和红包送到病人床前，劝说病人家属把钱物用在病人身上，让病人养好病。

1992 年春天，妇产科住进了一位绒癌化疗的病人。化疗结束后，病人出现了糖尿病、酮症酸中毒、败血症等严重的并发症，白细胞数量下降为零。参加会诊的十几个大夫都认为病人救活的希望几乎为零，但张秀兰却想："病人只有二十几岁，只要存在一线救活的希望，就要尽一切努力抢救病人！"于是，她不辞辛劳，多次请本院大夫会诊，研究治疗方案，长达半个月的时间日夜守护在病人身边，密切观察其病情。由于她和同事们的共同努力，奇迹出现了，病人被他们从死亡线上抢救了回来，转危为安了！张秀兰疲惫的脸上露出了笑容，病人及其家属感动地流下了热泪。他们拿出 300 元钱，无论如何也要请张秀兰收下，还连声说："我们的心也是肉长的，张大夫这么辛苦，这钱应该收的。

若不收，就是看不起我们，我们心里会更加难受。”“你们的心意我心领了，但治病救人是我们的天职，收了你们的钱，我会自责一辈子！”张秀兰诚恳地婉言谢绝了。就这样，她一次次拒收病人饱含感激之情的红包。据不完全统计，1993 年至 1994 年 10 月，她拒收红包达五六千元，婉拒请客 50 多次，以自己的实际行动树立了人民医生廉洁自律、医德高尚的良好形象。

在长期的工作中，张秀兰深深地体会到，要做一名人民信得过的好医生，只有为人民服务的热情和实干精神是不够的，还必须刻苦钻研技术，具备高超的医术。因此，她利用一切机会向同行学习。下乡期间，她积累了数百例偏方、验方，在临床应用中取得了良好的效果。同时，她努力钻研医术。为拓宽知识面，她还刻苦自学日语和英语，翻译了《刺激乳头在临床上的应用》《急性子宫内翻》《血细胞比容试验》等文章，并应用于临床，提高了技术水平。

张秀兰的勤奋钻研取得了累累硕果。近几年来，她共有 20 多篇论文在国际、全国及省级学术会议上交流，10 余篇论文分别获得地区科协优秀论文一、二、三等奖。她还编著图书 4 部：《新婚与优生》《小儿保健指南》《当代妇产医学新进展》和《妇产科并发症》。1993 年，《中西医结合治疗高泌乳素血症的临床研究》和《输卵管妊娠保留腹腔血的临床研究》两篇论文，分别获得地区科技进步一等奖和三等奖；1995 年，她完成了《对 1400 例正常孕妇骨矿含量的调查分析》一文，获市科委一等奖、省科委科技进步三等奖；1997 年，她完成了《中西医结合治疗多囊卵巢综合征的临床研究》一文，获市科委科技进步二等奖；1998 年，她又完成了《中西医结合治疗卵泡黄素化不破裂综合征》一文，经专家鉴定，达到了国内先进水平，待评奖。在提高专业理论素养的同时，她还在临床实践方面积极探索，开展新技术、新疗法10余项，如腹膜外剖宫产、卵巢癌根治术及系统化疗、胎皮移植阴道成形术、腹膜代阴道、B型超声在妇产科的广泛应用、宫腔镜在诊断妇科疾病中的应用、促排卵技术在月经不调及不孕症中的应用等，均在临床实践中取得了良好的效果。在她的领导下，妇产科的技术水平也不断提高，基本完成三级甲等医院重点科室的必备技术项目，并建立了B超诊断室、涂片室、骨矿物仪室、遗传实验室、基因诊断室等，实行了母婴同室。张秀兰不仅是一位妙手回春、值得信赖的好医生，而且是具备较高管理水平的学科带头人。

…………

在漫漫的人生旅程中，有不少人只是把工作当作一种谋生的手段，而不是实现自己人生价值的舞台。因此，他们每天只是在毫无激情地工作，枯燥度日，年复一年，日复一日。其实，只要我们将关爱作为灵魂的翅膀，让自己在爱的世界里自由飞翔，再平凡的工作，都能为世间增添一份美好，也给自己一份快乐。

六 无私传授

知识和技术是可以传授的，但人的悟性是没法学的。悟性虽然没法学，但我们后天的努力总能弥补一些先天的不足。

张秀兰爱学习，不仅向书本学习，还向实践学习。她学得多了，就学出了名堂，学出了精彩。工作这些年来，她很好地掌握了妇产科学领域的两大技术：一是诊断技术，二是治疗（包括手术）技术。她不仅用自己精湛的技术医治了无数病人，还乐于手把手地把技术传授给科里的其他医生。

有一次，一位产妇因产后大出血，造成了脑垂体功能衰竭，出现了尿崩，导致产后大渴不止。面对这种情况，负责治疗和值班的大夫都不知所措，只好去叫张秀兰。张秀兰先看了一下患者的病历，又看了看她的症状，什么也没说就去了自己的办公室。她从一个抽屉里拿出一本破旧的笔记本，翻开看了几眼，然后开了几味中药去药房取出来熬好，亲眼看着病人服下才离开。张秀兰开的这些中药每服才一毛一分钱，患者吃了两服，尿崩的症状就彻底消失了。张秀兰把科里的所有医生都召集到患者的病床前，给大家讲解病历和治疗方法。这种病在妇产科中不常见，所以张秀兰讲得特别仔细，最后还把自己多年积累的治疗方法无私地传授给了大家。张秀兰深知自己是人民的医生，她的职责就是治病救人。所以，只要有时间和机会，她就会发挥自己“传帮带”的作用，把她的“绝招”传授给大家。她一心想的就是让大家一起提高医疗水平，把病人的病治好。

妇产科最难的手术是“子宫广泛切除术与淋巴清扫术”，这种手术一般人都做不了。有的人在妇产科干了一辈子，甚至拿到了高级职称，都不见得能做得了“子宫广泛切除”手术。但是，张秀兰却很早就掌握了这项手术的全部技能，受到了前几任主任的高度赞扬。在同一批毕业生中，她是第一位也是仅有的一位掌握了这项技术的人。张秀兰每次做这项手术时都让很多年轻医生过来学习。在手术过程中，她一边做一边讲解，期望大家尽快掌握这一技术，并能独立上台操作。一花独放不是春，万紫千红春满园。张秀兰是这么想的，也是这么做的。她把一种新技术传授给了年轻人，又去研究另一种新技术，使妇产科永远充满活力。

张秀兰身边不单单有妇产科里的年轻人，还有每年基层医院的进修人员。张秀兰自己也进修过，深知能来上一级医院进修的人员都是各个医院里的精英，进修机会也很难得。她非常了解进修人员的心情，知道他们都想努力学到更多的东西。所以，只要有可能，她就尽量给他们安排学习的机会。比如做手术时，她会让进修人员跟着进手术室，手把手地教他们，直到把他们教会。因此，她带的进修人员都进步很快。来德州市人民医院进修、实习的人员，无论是年轻的还是年龄大的，都愿意选她做老师。凡是刚来进修的人，张秀兰都要请他们到家里来坐一坐，认认家门，嘱咐他们以后有什么事可以随时来家里找她。她还经常留他们在家里吃饭，吃饭的时候她也是在不断地给他们传授知识和经验。

为了妇产科的发展与壮大，张秀兰还积极培养新生力量。在妇产科工作，不仅要有丰富的知识和经验，还要雷厉风行、处理问题坚决果断，另外还要有很好的体力。所以，男性在妇产科比女性更有其优势。在张秀兰任妇产科主任之前，德州市人民医院妇产科的历任主任都是男性，他们个个技术精湛、工作出色。但是，由于受传统观念的影响，男性一般不愿意进妇产科，所以每次张秀兰听到医院里有男生来报到，就马上去做动员。经过她的努力，妇产科 3 年内来了 8 名男生。张秀兰如获至宝，天天手把手地教他们。果然，他们很快成了妇产科的主力军，蔡富强后来还被提拔为主任。

医院里有外出学习的机会，张秀兰一定会给妇产科里的年轻医生争取。有时候，她还亲自带着他们出去参加研讨会和学习班。她希望科里的年轻人多出去学习，尽快成长。

张秀兰还经常帮助农村和基层医院培养全科医生，因为乡镇医院都比较小，不可能像大医院一样分科那么细，所以医生必须掌握众多科室的知识，碰到问题能够独立地进行简单的处理。

张秀兰还开办过科普讲座。20 世纪 90 年代，广大妇女尤其是农村妇女，根本没有保健意识，更别说主动进行查体等。为了提高广大农村妇女的保健意识，1996 年冬季，德州市卫生局安排张秀兰在德州电台开办妇女保健讲座。讲座每周两次，安排在周六和周日上午 11：30—12：00，取得了不错的效果。

第三章

大象无形

DA XIANG WU XING

一　自律为范，不卑不亢

职业能力是在职业生涯中培养出来的。退休以后，张秀兰始终没有忘记德州市人民医院。她经常说："没有人民医院，没有在人民医院的年代，就没有我现在的精彩。"

20 世纪 80 年代中期，张秀兰已在德州市人民医院工作 10 年了。在这些年的工作中，她始终坚持一个信念：自律为范，不卑不亢。她认为做人不要太强势，要与人为善，但也不是无原则地委曲求全；对人对事，小事讲风格，大事讲原则。在工作中，她有自己的原则，就是一定要把该做的事做好，能做得更好的就尽量去努力争取。一分耕耘一分收获，她在工作中的表现得到了大家的一致认可。1985 年，她被评为德州市青年积极分子。在地直党委召开的"模范共产党员先进分子代表表彰大会"和市妇联"庆祝'三八妇女节'女能人代表模范表彰大会"上，张秀兰都作为先进人物进行了演讲，同时还到市属各企事业单位进行巡回演讲。她在题为《为党的事业奋斗终生——立志做一个人民信得过的医生》的演讲中说：

这些年来，我时刻告诫自己：要以一个共产党员的标准严格要求自己，时刻把党的利益放在第一位。我知道，一个人的一生是短暂的，真正为党工作的时间就更少了。所以，我经常要求自己，要在有限的时间里，争分夺秒，只争朝夕，为党多做工作。参加工作多年来，我没请过一天病假、事假，没休过一次探亲假，把绝大部分时间都用在了工作和学习上，用在了为病人服务上。我总觉得，一个人能在工作中有所发明创造是一种贡献，但在平凡的岗位上尽职尽责、多做工作、做好工作也同样是一种贡献。我是一个妇产科医生，我们的工作虽然平凡，但是责任重大，工作好坏直接关系到母子两条生命的安全。前几年是一个生育高峰时期，妇产科是最忙的科室，工作量有时高达其他科室正常工作量的2～3倍，一天忙下来真是腰酸腿疼、筋疲力尽。在这样繁忙的情况下，如何保证母子安全，是一个很重要的问题。尤其是近年来，要求一对夫妇只生一个孩子，所以谁都希望自己的孩子聪明伶俐。因此，我们科室的工作又直接关系到优生优育和计划生育工作能否顺利进行。我常常这样想：经我们的双手接出来的孩子，将来很可能成为国家的栋梁，对一个家庭来说是一件高兴的事。但如果处理不好，就有可能出现严重缺陷，不仅成为家庭和社会的负担，也会给一个家庭带来极大的痛苦，还会直接影响医生的声誉。所以，每次值班时，我都详细了解所有产妇的产程进展情况，以做到心中有数。有些产妇容易精神紧张，我就做好其思想工作。没有急症病人时，我就坚持守产，给产妇喂水喂饭，并鼓励她们，使她们有一种安全感，以保证产程的顺利。不管工作多忙，只要发现产妇有异常苗头，我就及早处理。所以产房的同事都说，和我一起值班，虽然特别忙、特别累，但心里很痛快、很放心。我值班的时候，不管来多少病人，我都尽量看完看好，不往外推，不敷衍了事，有多少手术做多少手术。常常有这样的情况：我要下班了，病人也匆匆忙忙赶来了，还说要急着赶车，家里有急事或有吃奶的孩子在家里等着。这时我就主动晚下班，给她们看完病或做完了手术再回家。尤其是星期天我在门诊值班，经常是过了点才下班。当我看到许多老百姓从偏远的乡村来到市里看病，中午吃着凉馒头、喝着凉开水坐在门旁静静地等待的时候，感觉她们是多么不容易啊！这时我就不忍心按时下班了，中午接着坐诊，和下午的班就连起来了。中午饭经常是丈夫或孩子给我送到单位。不管是在门诊还是在病房，只要有病人吃不上饭，我就给她们订饭、买饭或从自己家中给她们带饭，总之会想方设法让她们吃上饭。我在给病人诊治的过程中，能让病人一次解决问题的，决不让病人跑两次。对于住院的病人，我总是及时处理，尽量缩短其住院时间，争取使她们早日康复，尽快回到工作岗位上。

多年的工作实践使我深深地体会到：要做一个合格的共产党员，就必须把党的利益放在第一位，摆正工作与家庭的关系。做好这一点对一个女同志来说是很不容易的，也可以说是一个考验。一个人 20 多岁到 40 多岁的这一段时间，正是为人民做贡献的大好时光，但也是家庭负担最重的时候。我常常这样想：一个人的精力是有限的，如果每天都沉浸在儿女情长和家庭琐事之中，事业就会受到影响。一个人活着就应该活得有意义，在事业上有所成就。我时刻告诫自己，是党和人民把我培养成了一名白衣战士，我没有理由不好好为人民服务，没有理由不把自己的一切无私奉献给党和人民。这些年来，我多次下乡巡回医疗，帮助各个县搞计划生育工作。对于外出任务，我从来没有一次因为家里有事或孩子小而不去，每次都是尽快安排好家里的事情就出发。记得在 1977 年的秋天，我怀孕刚刚 50 天，正在妊娠反应期，领导让我去武城县搞计划生育工作，我二话没说就去了。去武城县的土路高低不平，汽车一路颠簸，我恶心呕吐得十分厉害。同事问我怎么了，我说是晕车。下车后，我洗了洗脸、吃了口饭就上手术台了。我每天在手术台上坚持十几个小时，一直坚持了20多天，圆满地完成了组织上交给我的任务。我的孩子在不到一岁的时候就断奶了，被送回了老家。后来，我把孩子接回来了，但他还是经常被送走或安排到亲戚朋友家。我记得在孩子还不到4岁时，有一次领导安排我出差，但孩子又没处送，我十分犯愁。这时，正好以往找我看病的一个熟人又来找我看病，她看到我实在为难，就把我的孩子带回了她家。那次我出差五六个月才回来，很多人都批评我，说我没有尽到母亲的职责。但我觉得，我是一个母亲，又是一个党员，当两者出现矛盾时，我首先想到的应该是作为一个共产党员应当承担的责任。这些年来，我从来没有因为孩子和家里人有病而请过假。孩子有病需要打针时，我就调整好自己的时间：如果我白天上班，就给孩子在晚上输液；如果我夜里上班，那就在白天给孩子治疗。有一次孩子的脚被车子挤伤，缝了十六七针，家里人让我在家看护孩子几天，我说："我在家里他的脚更疼。"于是，我每天找孩子的小朋友来陪着他玩，自己照常去上班。去年，我母亲做了阑尾炎手术，术后我把她接回家中，一边工作一边照顾她。同事们都说我："看到你天天不是工作、学习，就是给别人帮忙，你家里的事情怎么办?"确实，这些年来为了工作，家里的事我是管得少了，但是我把时间让给工作，我觉得心里很踏实。有人把吃喝玩乐看成是人生的幸福，但我认为工作、学习、为别人排忧解难才是最大的幸福。

我是一名医生，为病人解除痛苦是我的天职。记得1984年的冬天，有一个七八个月妊娠、臀位、早破膜的病人住进了我们医院。医生用催产素给她引产两天，都没有发动宫缩。突然，病人的体温开始上升，如果她不尽快结束分娩，可能会导致感染，严重威胁母子的生命安全。如果实施剖宫产，孩子太小不能成活的话，产妇则需要四五年后才能再孕。但如果正常分娩，孩子不能成活的话，等产妇身体恢复后即可再次妊娠。那天晚上我接班以后，一直守护在她身边，积极纠正她的异常情况，及时调整其宫缩，采取了一切能采取的措施，终于使胎儿在凌晨4点降生，母子平安无事。虽然我为她操劳了整整一夜，却分享了产妇及其家属的欢乐。对于新生儿，我坚持天天查看，尤其是对一些病理产科的孩子和早产儿，不只听护士汇报，还亲自查看孩子的反应能力和吃奶情况，发现异常及时处理，因此使不少高危儿得到了及时治疗而健康出院。我还记得5年前，有一位陵县照相馆的职工的妻子，由于过期妊娠来我们医院分娩。孩子出生后严重窒息，瞳孔已经散大，似乎没有多大希望了，但我和婴儿室的同志坚持抢救。我们用人工呼吸和吸氧的方法，加上多种药物并用，很快就把孩子抢救过来了，之后又给予相应的治疗措施，终于使孩子健康出院。几个月以后，这个孩子长得又白又胖，其父专门从陵县跑来为我们照了相，以表示对医院的感谢。

对一些奇特的病症，我不仅详细了解病人的病史，还细心观察其病情，认真分析，在治疗中总结经验，寻找最佳的治疗方法。我记得有一个病人，由于产后休克而造成脑垂体功能障碍，于是不停地喝水，每天能喝十几暖瓶。当时医院对此病症没有很好的治疗方法，我就把平时积累的民间药方翻了一遍，终于找到了一方。我下了夜班后就到药房取了药，煎好后送到病人床前，直到病人喝了我才回家休息。第二天晚上我又来上班时，病人一见到我就高兴地说："我今天好多了，只喝了两暖瓶水。"接着我又让她喝了一服，她竟然痊愈了。后来，我又用此方治疗了几例病症相同的病人，均收到了很好的效果。

对于危重病人，我都是守护在她们床边，时刻观察其病情，有时候下了班也要去看看。对于需要做手术的病人，术前我都要同她们谈话，了解她们的思想状况，帮助她们克服恐惧，使她们对手术充满信心，能同医生很好地配合，保证手术的顺利进行。如有一个子宫肌瘤合并高血压的病人，手术前一天她房间里住进了一个重病号。我想，如果她晚上休息不好，第二天血压很高的话，就会影响手术的进行。于是，那天晚上我就让这位病人住进了我休息的地方，保证了第二天手术的顺利进行。

作为一名医生，我觉得再没有比亲手解除病人的痛苦更让人感到高兴的事了。所以在临床上，哪怕有一线希望，我也要尽百分之百的努力。如果遇到自己治不了的病，我就向别人请教。如果仍不能解决，我就把病人的名字和地址记下来，等以后有了治疗办法再通知其前来治疗。如禹城县有一个患不孕症的病人，她到过很多地方求医也未能治愈，后来到了我们医院，诉说了她的病情和心情。由于社会和家庭的压力，她背上了沉重的思想包袱。当时我看了她的病历，也觉得无能为力，病人只好扫兴而归。每当遇到这种情况，我心里都很难过。后来，我对其他类似的病人采取了综合治疗的方法，取得了一定的效果，就写信让她再来治疗。这位病人来了之后流着眼泪对我说："你这样一心想着俺，就是治不好，俺也很感激你，也没有什么遗憾了。"每当我看到病人经过我的治疗，解除了病痛，恢复了健康，重新返回工作岗位的时候，心里就有一种说不出的高兴。

对病人，我不但为他们治疗疾病，还在自己力所能及的范围内积极为他们解决生活上的困难。

我时常告诫自己：一个共产党员，就应该哪里有困难就到哪里去。因此，工作中哪里任务艰巨，哪里别人不愿意去，我就主动要求去承担。唐山地震时，我第一个报名参加了医疗队，克服了重重困难，把党的温暖和关怀，通过我们的实际行动送到了灾区人民的心里。那时我们不仅白天到各家各户送医送药，还在夜间跑到几公里以外的地方去给病人治病。当我看到苍蝇和蚊子给灾区人民带来很多传染病时，就不顾劳累，和同事一起到几公里以外的地方去背水背药消灭蚊蝇，尽最大努力去消除灾区人民的疾苦。

去年，我们医院和禹城县房寺公社医院签订了联合办院合同，我首先报名参加了工作队。到房寺公社医院后，我以一名普通医生的身份，和当地的医务工作者一起努力工作。我们认真地给当地的医生传授技术，大家一起学习，有困难一起解决。经过我们的共同努力，终于建起了一个像样的乡镇卫生院。在那里，大事小事我都亲自上阵。有人好奇地问我："怎么什么事你都亲自去干呢?"我说："我作为这里的一员，就应该这样做，因为无论在哪里，我们都是人民的医生。"我们的服务态度和工作作风赢得了当地人民的一致好评，因此来自四面八方的病人源源不断，当地政府多次表扬了我们。

"把困难留给自己，把方便让给别人"，这是一个共产党员所应具备的思想品质。所以在平时的工作中，我很注意磨炼自己吃苦耐劳的意志。1983 年，我被科里推选为总住院医师。在科室主任的领导下，我不但要安排科里的业务工作，还要负责人员的调配。有时人员少了，我不仅要负责总的任务，还要做具体工作。有时下了夜班，我还要到门诊去看看。每当看到急于就诊的病人时，我就忘记了自己一夜的劳累，接着又开始上白天的班了。

1983年这一年，科里50%的医生都要参加业务考试，我也不例外。在这种情况下，我就尽量自己多干工作，让同事有更多的时间学习。我自己则利用下班后的时间，在单位一直学习到夜里11点，终于在考试时取得了较好的成绩。每到逢年过节，我也是自己多值班，尽量把家人团聚的欢乐让给别人。

多年的实践使我体会到：作为一名医务工作者，只有为人民服务的热情和实干精神是不够的，还必须掌握牢固的专业理论知识和精湛的技术。参加工作后，我先后自学了生理、病理、解剖、药理等基础课以及妇科学和产科学的专业知识，平时还经常浏览各种专业杂志，以提高自己的理论水平。在实践中，我十分注意经验的积累，先后写了多篇文章，分析了一些典型病例的治疗方法，并在德州地区妇产科学术会议上进行了经验交流。另外，我还自学了针灸、推拿、按摩等治疗技术，对封闭、中医、中药等知识也有涉猎。这样，来看病的病人如果有头痛、牙疼、尿潴留、腹泻、肚子痛等病症，我就能随时给他们治疗，不用让他们再转诊其他科室了。这样既减轻了病人的痛苦和经济负担，又给医院节省了人力和物力。在下乡巡回医疗时，我从不以大医院的医生自居，总是虚心向当地医务工作者学习，把他们成熟的经验都学到手。这些年来，我积累了数百例偏方和验方，有些已经在临床使用且取得了很好的治疗效果。

为了不断提高自己的业务水平，开阔自己的视野，我还坚持自学了英语，现在已能翻译一般的英文资料，并把其中的知识和技术用于临床实践。去年冬天，我又和丈夫一起参加了市科技馆开办的“日语学习班”。学习是一件艰苦的事，但为了增长知识，我们必须抓紧时间学习。在这次学习期间，我每天做中午饭时都一起做好晚上的饭，这样晚上下了班就可以直接吃饭，然后把孩子锁在家里，我和丈夫去上课。每天我们俩都是去得最早的，回来后还要学到夜里11点，第二天早上5点又起来学习。我们俩这样坚持了两个半月，最后都取得了很好的成绩。学习班结束时，我翻译了《刺激乳头在临床上的应用》一文，并用于临床实践。

这些年来，我只是做了一个医生应该做的工作，党和人民却给了我很多荣誉。如果说我在工作中做出了一点成绩的话，也应该归功于党和人民，归功于培养教育过我的各级领导和老师们。我知道自己做得离党和人民的要求还相差很远，与其他同志相比也有一定的差距。我决心不辜负党和人民的期望，虚心向其他同志学习，努力做一个名副其实的共产党员，做一个人民信得过的医生，继续为人民的健康事业贡献自己的力量。

通过这次演讲活动，本来就小有名气的张秀兰的知名度更高了，德州市各界人士都认识了她。她的演讲也得到了组织活动的德州市企业政治部干部科王科长的赏识和赞扬，他找到当时德州市著名的书法家徐晖先生，为张秀兰题了四个大字：大象无形。

张秀兰喜滋滋地把题字拿回家给丈夫看。丈夫看后心中一惊，心想，徐晖一般不给人题字，现在竟然给张秀兰题了字，而且是“大象无形”四个字！张秀兰看着丈夫认真端详题字的样子，就问他：“怎么样?”当时她还不知道这四个字的含义，只是觉得很好，丈夫就对她说，“大象无形”一词来自老子的《道德经》第四十一章。“大象”化“无形”，“有意”化“无意”，就是不要太显刻意，无形态、无框架，才能容纳一切。在现代社会，“大象无形”则代表一种将美融入生活的智慧，拥有这种智慧的人不用刻意地去想什么、做什么，便能在工作和生活中做得很好。

常言道，自然才是真，自然才是美。这样的“真”和“美”正是“无形”的。张秀兰做任何事情都是自然而然出于内心的自觉行为。她在上学期间和刚刚参加工作时，就能够以身作则，处处起模范带头作用。在她看来，这是自然而然的事。她常说：“上班早去是去，晚去也是去，早晚都要去，何不早一点去呢？下班时，早走可以到家，晚走也可以到家，早晚都可以到家，为什么不能比别人晚一点走呢？”这就是张秀兰的口头禅，她的确也是这么做的。

张秀兰是德州市人民医院中最先成长起来的年轻医生之一。担任妇产科主任的时候，她感到肩上的担子很重。一方面，她要尽一位普通医生的职责，按时在门诊坐诊。那时，她已经有了一定的名气，来门诊找她看病的人越来越多。每次坐诊时，不管有多晚，她都要把所有的病人诊治完才下班。另一方面，她还要带好妇产科这个团队，方方面面都要考虑到，以免出现什么疏忽和纰漏。所以，只要有时间，她就到科里去看看，遇到问题随时解决。张秀兰的性子很直，遇到自己解决不了的问题会直接去找院长，与其面对面商谈解决办法。她常说：“有问题不找院长找谁？医院的问题，院长不来解决谁来解决？”

张秀兰在担任妇产科主任的时候，对科里人员的管理和各种日常事务的处理也很到位。平时，只要有对工作不利的人或事，她都会毫不客气地去管。她的这种行事作风并不是以权欺人，而是秉公办事。这是她独特的管理方法。她还十分照顾弱者，总是想方设法给他们谋一些福利。在张秀兰的带领下，妇产科这个以女同志为主的科室年年被评为先进科室。

“在实际工作中，妇女是最好管的群体！”张秀兰如是说。

二　路见不平，出手相助

外柔内刚，路见不平、出手相助，是张秀兰骨子里的性情。

任山东省人大代表时，一天，她接诊了个特殊病人。

一位农村中年妇女唯唯诺诺地来到她面前，身后藏着一位十四五岁的女孩子。中年妇女无助地说：“大夫，你看看俺这孩子，她，她……”说着，她眼泪就掉下来了，并把身后的小女孩推到了张秀兰面前。张秀兰见状赶紧站起来说：“先别哭，有什么事慢慢说。”中年妇女哭着说：“俺这孩子，她……”张秀兰轻轻拉过小女孩仔细地给她切脉。见小女孩精神恍惚、目光呆滞，张秀兰凭直觉猜测她十有八九遇到坏人了。她仔细检查并注意小女孩身体的反应。小女孩身上到处都有像是被虐待的痕迹。检查完妇科后，张秀兰大吃一惊，把在外面等候的中年妇女叫进了内室，问：“这闺女到底怎么了？”中年妇女满脸痛苦，说：“俺怎么就这么倒霉，叫俺摊上这事。大夫，你可得救救俺这孩子。她要是有个好歹，俺可怎么办啊！”“说说吧，这里没别人，到底是怎么回事？慢慢说，我一定尽力给你帮忙。”通过初步检查和谈话，张秀兰意识到这位特殊的病人，不单单是患病这么简单，还有很大的隐情在背后。她温和地安慰着母女俩。中年妇女被她的诚恳所打动，一五一十地向她诉说起来。

中年妇女是平原县的普通农村妇女，小女孩是她的独生女，年仅15岁，正在上初二，学习成绩很好，漂亮懂事。有一天下课后，一位男生告诉她，学校大门口有人找她。小女孩赶紧走到学校大门口，果然发现一个骑摩托车的男子，但她并不认识。男子一看见小女孩便主动上前打招呼，说："你是×××吧？""是。"小女孩疑惑且胆怯地应答着。男子说："是这样的，你奶奶病重去德州市住院了，你爸妈让我来叫你赶快去，前面马路上有车在等着你。"小女孩一听奶奶病了，毫不犹豫地就上了男子的摩托车。男子把她载到路口，她立马上了停在那里的面包车。上车后，她发现车里除了一个男性司机外，还有一个30岁左右比较时髦的妇女。时髦妇女自我介绍说："我是德州市×××医院的，是专门来接你去看你奶奶的。我们一会儿就到了，别着急，来，先喝杯水吧。"小女孩毫无戒备地把水喝了下去，很快就头晕目眩，浑身发热，意识不清，后来的事就什么也不知道了。面包车开到了德州市的一家星级酒店，小女孩被带到了一个豪华房间内。

这是一起早有预谋的绑架未成年少女卖淫案。

小女孩失踪，可急坏了家里的父母。乡亲们到处寻找，家人到派出所报了案，有目击者报告了那辆面包车的样子，但几天过去毫无音信。

小女孩在德州市被摧残了三四天，犯罪嫌疑人准备把她转移走，开的还是原先那辆面包车。当车子从小女孩的村边路过时，正巧被村里的人看到，村民们立马把车截了下来。小女孩的家人和村里的领导没有碰上过大事，都是老实巴交的老百姓，也没处理过这种事。他们救下小女孩后，只是先把时髦妇女的身份证和司机的驾驶证扣下，就把车和人给放走了，想第二天到派出所报案。可是第二天，还未等村里的人去报案，"派出所"倒派"民警"来"调解"了。经过一番

“劝说”，“民警”竟把身份证和驾驶证给要走了。这样一起性质恶劣的刑事案件居然就这么简单地“私了”了。

小女孩是得救了，但变得神志不清，精神恍惚，完全没有了原来的天真烂漫。小女孩的父亲心疼得一病不起，母亲还稍微明白一些，心想先给孩子看病要紧。于是，她带着孩子来到德州市人民医院，在妇产科门诊遇上了张秀兰。

张秀兰听到这里，气愤不已。她说：“这也太无法无天了，这帮人的行为太令人发指了。”她决心要管管这件事，但眼下还不能给这母女俩说太多，只能是先安抚好她们。于是，她语气一转说：“孩子身体无大碍，只是精神受到了摧残。回去后你们要多陪陪她，多开导开导她，最好是换换环境。暂时还不能让她上学，她精神压力太大，让她在家里或是安静的地方看看书，对精神恢复很有好处。对于她身体上的事，你不用管了，我一定会帮你，你放心好了。你们母女俩先回去按我说的办，等着就行了。”

张秀兰回到家，心情久久不能平静。她思来想去：“我要管一管这件事！”为了这件事，她第一次亮出了山东省人大代表的身份，给熟识的平原县妇联主任打了电话。平原县妇联主任也感到非常震惊：光天化日之下，竟发生了这么恶劣的事件，这些人真是太胆大妄为了！

平原县妇联主任非常敬佩张秀兰，敬佩她的侠肝义胆、公正无私，敬佩她勇于担负起一位省人大代表的职责。她对张秀兰说：“谢谢老大姐，谢谢您能信任我，您这是在帮助我们做工作，这也是我该管的。出了这么大的事，我都不知道，这是我的失职。谢谢您，这件事交给我就行了。”平原县妇联主任随后向平原县委政法委汇报了此事。县委政法委领导非常重视，立刻通知了平原县公安局。平原县公安局马上开会安排了刑侦工作，抓捕涉案的“时髦妇女”、司机、假民警等犯罪嫌疑人。

一个多月以后，那位中年妇女又领着孩子来到了德州市人民医院。她激动地对张秀兰说："俺可得来谢谢你啊，张医生。在俺上次回去后的第三天，县里的领导们，包括妇联的、政法委的、公安局的、人大的，都去俺家询问了情况，关心俺们，也给了俺们一个公正的交代，坏人也得到了应有的惩罚。俺真是太谢谢你了！现在孩子的情况好多了。没有你，俺这孩子就毁了。"看着这母女俩与上次相比大变了样，小女孩的精神好多了，脸上也有了笑模样，张秀兰感到非常欣慰。

母女俩临走时，说什么也要把从家里带来的农产品给张秀兰留下，张秀兰也无法拒绝母女俩的诚意。她对母女俩说："这件事已经解决了。你们回去后好好生活，再遇到事要多想想，以免再上当。你们再有事的话，去找县妇联就可以了。我也是普通人，只不过是我在城里，你们在乡下，咱们都是一样的。这个社会上好人很多，但也一定要提防坏人，以后你们好好保重自己。"张秀兰说得很实在，母女俩感动得连连点头。

张秀兰的不畏奸邪在日常生活中也能见得到。20 世纪 80 年代，德州市人民医院妇产科的产房还在一楼，每到晚上，就有些小流氓在窗下偷窥，产妇和值班人员都很害怕。张秀兰就动员产妇的家属拿起拖把和扫帚去逮他们，逮住后让他们写检讨和保证书，如果下次再来，就把他们交派出所。小流氓们被教训了几次后都不敢来了，产房周围终于恢复了平静。

张秀兰知道，自己就是一位普通人，在无助的时候也渴望得到别人的帮助，也需要社会的温暖，所以她愿意将心比心地去帮助别人，无怨无悔。

三　敢立潮头，与时俱进

张秀兰平时少言寡语，不了解她的人，会觉得她是一个墨守成规的人。其实，她内心永远充满着激情与梦想，是一位真正不甘寂寞、做事不达目的不罢休的人。每一次进修学习，她都能在视野上有所拓宽，在医术水平上有所提高，从而在自己的专业领域有新的建树。

1988 年，张秀兰在山东医科大学附属医院进修学习时，看到妇产科里有专门的仪器“B 超”机。B 超机能帮助大夫及时准确地诊断妇科和产科患者的疾病情况，减少误诊，关键是能大大降低残疾婴儿的出生率，提高优生率。张秀兰受到了启发，回单位后就萌发了要配备一台专门服务于妇产科的 B 超机的想法。

20 世纪 80 年代末 90 年代初，德州市人民医院只有一台陈旧的 B 超机，需要做 B 超的患者要排很长时间的队，而且因为是全院公用的，在使用设计上不可能贴近每一个科室的专业情况。张秀兰有了给妇产科配备专用 B 超机的想法后，就开始频繁地找医院领导做工作。但医院领导坚决拒绝，理由是：1. 医院有 B 超机，排号就排号吧，这是多少年的老规矩；2. 没有哪一个科室有自己专门的 B 超机，劝她不要带这个“不好”的头；3. 也是最关键的，医院没钱。这时，山东医科大学附属医院指导过张秀兰的一位教授给她打电话说：“我们这里器械科有一台刚买来的进口原装 B 超机，本来是给别的医院买的，结果那家医院又不要了。现在这种仪器在妇产科医疗上很时兴，且非常便宜，才 16 万元。你们那里要不要？”张秀兰一听，不假思索地满口答应：“要！一定要！请给我留着。”张秀兰给妇产科配备专用 B 超机的热情又重新燃起来。她又去找医院领导，但领导还是拒绝了。

回来后，张秀兰茶不思、饭不想。她断定这是既有利于患者，又有利于医院，还有利于妇产科的极好的事。可怎么办呢？这时，她脑海中闪过一个念头：集资入股，入股分红。张秀兰心里豁然一亮：“好，就用这个办法！”她马上召开全科人员大会，会上大家都对此表示赞同。张秀兰的决心更大了，信心也更足了。她又一次去找医院领导，甚至跟领导“叫板”说：“这台仪器买也得买，不买也得买。如果医院实在不想买，我们科自己买。收入三七分成，‘三’给医院，‘七’我们暂时留下。等我们分够了自己的集资数额后，之后的收入就全部交给医院。B 超机我在济南已经落实好了，价格便宜，也绝不会上当，而且我们全科人员已经达成了一致意见。”

张秀兰要集资入股的想法，一时轰动了医院，甚至在社会上都产生了反响。有朋友替她担心，从这么远的地方进 B 超机，万一上了当怎么办？你一辈子的收入能还得上吗？也有人认为，她这是痴心妄想，是不可能的事。医院领导最终还是否定了张秀兰的想法。但也有几位领导给她做工作，让她集资先把仪器买了，钱的事以后再想办法。

其实，张秀兰也担心，万一上当怎么办？她想，做事要积极但不能冒进，要稳妥，要保证把好事办好，绝对不能上当。当她知道时任德州市人民医院院长的杨伟宝与她进修的山东医科大学附属医院的院长杨兴季是同学时，就登门找到杨兴季院长，咨询这台 B 超机的情况。杨兴季院长热情地帮她联络了器械科。经落实，B 超机确实是从正规渠道进的。这下子，张秀兰悬着的心落地了。回到德州市人民医院后，她再次郑重地向医院领导提出向银行贷款购买 B 超机。

医院领导被张秀兰坚持不懈的精神所打动，知道她是全心全意为了工作，绝不是自己想“出风头”，而且 B 超机是新生事物，就准备给予支持。经过开会研究讨论，医院终于同意了张秀兰的意见。但为了稳妥起见，不让妇产科买，而是由医院出面为妇产科购进张秀兰已联系好的那台 B 超机。但医院确实没有钱，张秀兰与黄艳丽想尽各种办法从银行贷款 20 万元，把 B 超机买了回来。

B 超机购进之后，妇产科如虎添翼，每天有 80 ~ 100 人次做 B 超，利用率远远超过了医院里公用的 B 超机，同时引来了好多外科室的患者来做 B 超。这台 B 超机大大方便了患者，也提高了妇产科的整体医疗效率和水平。不到一年，B 超机就收回了成本。张秀兰此举，增强了妇产科的凝聚力和向心力，也赢得了医院领导的好评。

1990 年，在北京协和医院进修妇科内分泌学时，张秀兰发现了“骨质疏松测量仪”。

这要说到妇女更年期综合征这一妇科常见病。妇女进入更年期时，雌激素水平大幅度下降，导致内分泌失调，由此造成了钙的大量流失，导致严重的骨质疏松，出现全身肌肉及长骨疼痛，严重时可致骨裂甚至骨折，常搞得病患彻夜难眠、倍受煎熬。要医治好妇女更年期全身疼痛的病症，诊断是关键。但病例的反应形式是多种多样的，这就给诊断增加了难度，只有个别经验丰富的老医生才能做到一看便知。但是，通过骨质疏松测量仪测试，很容易就能诊断出是否真的得了妇女更年期骨质疏松症。一旦确诊，积极治疗，病患就很容易痊愈。

张秀兰很快认识到骨质疏松测量仪对妇产科的重要性，回到德州市人民医院后就向领导提议添置。医院领导相信张秀兰的想法和做法在同行内是超前的，同意让她自己去办。很快，骨质疏松测量仪就到位了。只用了几个月，投入的成本就收回来了，医院获得了可观的收益。

如果说张秀兰在引进新设备上凭的是眼光和进取精神，那么对新医术的推广就有赖于她的医德和品行了。

20 世纪末，德州市德城区妇幼保健站升级为妇幼保健院，年富力强且具有创新精神的郭玉芹院长走马上任，决心要把妇幼保健院搞出个样子来。她首先要解决门诊的就诊率问题，决定聘请权威专家来坐诊，提高妇幼保健院的社会知名度。郭院长请张秀兰业余时间到妇幼保健院帮忙。这一方法果然奏效，妇幼保健院的病号与日俱增，其发展前进了一大步。郭院长又从北京妇儿医院请来了李教授。在李教授与张秀兰的定期坐诊下，妇幼保健院的名气大增，病人也越来越多。在相处中，李教授与张秀兰成了好朋友，李教授还把自己的拿手绝活“新式剖宫产法”奉献了出来。传统剖宫产法是将产口全部切开，用时至少要一个小时。而“新式剖宫产法”是先切开一个小口，再用双手将切口撕开，最快时用时仅 15 分钟。我们知道，人体内的经络和神经都是有弹性的，所以，切口被撕开后，这些经络和神经并不会被切断，使得产妇的伤口恢复得又快又好。张秀兰也是第一次见到这种“新式剖宫产法”，非常认可。她很快掌握了这一最新技术，又把李教授请到德州市人民医院去做示范，让大家都学会。

如果张秀兰不请李教授去医院做示范，同事们就不会这么快知道“新式剖宫产法”，而整个医院只有她自己掌握这一新技术，她的声望会更高。但是，她不但自己要求进步，还希望同事们都能进步。她想到的不是自己，而是大家，是集体。

总会有一些眼光，看得比这个时代更远。

2001 年，张秀兰盯上了生殖助孕这一新的科学领域。她预测，随着社会的发展，人们的不孕不育将会是一个严重的问题，而且越是经济发展较快的地区，这个问题来得越早越快，势头凶猛。不孕不育的终极解决方案，就是试管婴儿技术，也就是通过技术人为助孕。在将来，人工助孕的需求会非常大。目前，社会急切地需要先进技术和高水平的专业人员投入这场人类助孕技术的大革命中。

人类的生殖助孕技术是一项专业性极强的高精尖技术。在世界各地，尤其是在发达国家，已有很多高层科研人员投入。这是一场新的人类生殖技术的革命。

张秀兰对搜集到的信息进行汇总分析后，决心要去探一探这一新领域的奥秘。

通过考察，张秀兰决定在德州市人民医院妇产科组建生殖中心。这对妇产科来说是跨度较大的新生事物，而且投资至少要 200 万元。张秀兰在全科展开讨论、论证，统一了意见，又制订了具体方案，报请医院领导批示。

妇产科研究的具体方案是：资金自筹，以 8% 的利息动员全院人员自愿集资入股，年终分红，成本收回后一切交付医院，但是需要医院提供一个不小于 200 平方米的场所和必要的设施，还要定员定编。这个方案医院没有批准，只是同意为妇产科购置“三维彩超”。三维彩超能更准确地诊断胎儿的真实情况，是落实计划生育国策和优生优育的需要。

对组建生殖中心这一新项目，张秀兰天天去磨领导，磨得领导见了她就躲。本院不成，张秀兰又跑到德州市人民医院开发区分院找到曹院长要求建生殖中心，结果曹院长马上就表态同意，说：“好，资金你想办法，我给你腾出一个二楼来，足够你用的。”

张秀兰还是觉得应该在总院组建生殖中心，于是又去找医院领导。这时，医务科王兰玉科长也出面做院长的工作，说：“人家资金的解决办法都有了，开发区分院也同意她去那里建了，你还不同意，她可就跑了。你这也实在是说不过去了吧，她可都是为了工作啊!”在张秀兰的强烈“攻势”下，医院领导也被感动了，同意了她的意见，并在老门诊楼的二楼东首腾出了近300平方米的地方；人员由妇产科内部自行调整，定员定编；资金问题医院尽量支持，但主要靠张秀兰她们自己解决。

2001年春天，张秀兰跑上跑下，3天就筹资150万元，并承诺8%的年息。这样的承诺意味着她没有退路了，只能往前走，只能成功不能失败。医院的同事们了解张秀兰的工作能力和为人，都踊跃参加了她的集资活动，妇产科更是绝大多数人都参加了，最少的1万元，最多的4万元。资金不足的部分由医院出，整个项目的资金问题很快就解决了。

医院安排刘院长负责生殖中心场地的装修，张秀兰“一日三催”，见了刘院长就问：“怎么还不开始啊?”刘院长耐心地解释说：“为了保证质量和节省费用，我想多找几家竞标啊!”通过竞标，一家南方的装修公司中标。在装修过程中，张秀兰经常去施工现场，关注装修质量和进度，也关心装修人员的冷暖，和装修人员成了好朋友。南方人心灵手巧、精明利落，奋战了3个月就完成了。而此时，预订的设备也到位了。

第四个月时，德州市人民医院妇产科生殖中心就挂牌成立，正式对外开诊了。开诊这一天，分管文教卫生的副市长亲自到场参加典礼，北京协和医院内分泌学教授兼科教处处长、张秀兰进修时的辅导老师徐玲教授也亲自到场祝贺，市卫生局和市各大医院的领导以及本院的全体领导都参加了典礼，《德州日报》也进行了报道。一时间，张秀兰成了德州的风云人物。

生殖中心从筹备到开诊，仅仅用了3个多月的时间，创造了我国生殖医疗界的奇迹，以前我国从来没有这么快就开展起对外正式开诊业务的专项医疗机构。德州市人民医院生殖中心的成功开诊也开启了德州市医疗卫生界生殖医学的先河，填补了德州市该科学领域的空白，这也是德州市医疗卫生界历史上具有划时代意义的大事，被载入了史册。

张秀兰热爱她苦心创立起来的新事业。她想在新的生殖科学道路上勇敢地实践和探索，因此全部心思都用在了生殖中心的工作上。生殖中心对外开诊后，她本人就是一个无声的招牌，因此吸引了众多不孕不育病患前来就诊。为了集中精力开展工作，她主动辞去了妇产科主任的职务。张秀兰独立主持工作10年的妇产科，在她辞去主任职务后配齐了一正三副四位领导。她觉得自己该专心研究业务了。

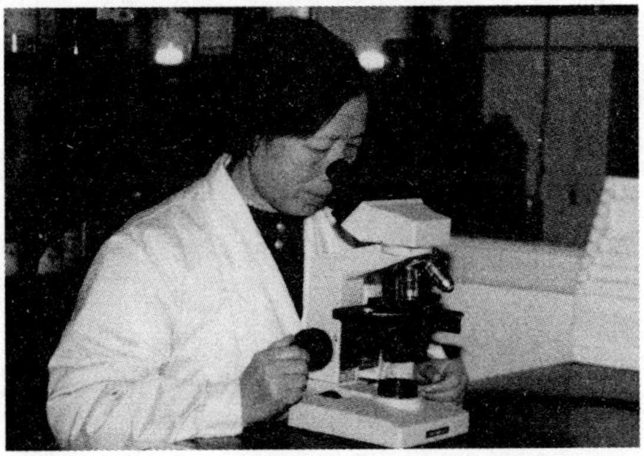

张秀兰在实验室

张秀兰潜心探求的工作不但开了花，还结出了丰硕的果实。生殖中心第一例试管婴儿，是一位原发性不孕多年的铁路职工的孩子。事实证明，这种尖端科学在德州这种比较落后的地区也能成功，张秀兰更加坚定了信心。生殖中心第一例试管婴儿的诞生震动了德州市，也擦亮了德州市人民医院的招牌。对此，《德州日报》给予整版报道。

之后，生殖中心又成功完成了龙凤胎试管婴儿。2002年12月25日，《德州日报·长河晨刊》头版报道了此事，并配以一张八寸照片，照片上张秀兰与刚大夫一人抱一名婴儿，大红标题《德州首例龙凤胎试管婴儿降生》十分醒目。

通过报道，人们都知道了德州市人民医院可以做试管婴儿了。生殖中心刚刚投入运营的第一年，就完成了170多例试管婴儿，成功率高达40%，获得业界极高的赞誉。2003年4月，张秀兰退休，从此离开了德州，离开了德州市人民医院，也离开了她辛辛苦苦创建的生殖中心。张秀兰离开生殖中心之前，仅仅用了一年多的时间，就兑现了对所有投资者的承诺。8%的红利分到了每个人的手中，连本也归还了，皆大欢喜，这也为张秀兰的在职工作画上了一个圆满的句号。

后来，张秀兰自己说："干成一件事是真不容易，不管你多有信心，领导总有自己的考虑。但是，不管领导同不同意，我想搞的事，就一定要做成功，不成功不罢休。领导不同意，我没有别的办法，只能是天天找、天天磨。一有时间我就找，一有机会我就磨，叫领导天天想着这个事。"张秀兰的这种工作方法，一般人是不会采用的，也不敢采用。她敢这么做，当然是基于她过硬的专业素质和对先进医疗技术无私执着的追求。张秀兰从骨子里爱好新知识、新事物，爱好探索新领域。爱好就是动力，爱好就会执着。许多事情不是有了希望才去坚持，而是坚持住才有了希望。

在工作中，张秀兰敢立潮头，并不是为赶时髦、出风头，而是想多去做一些对人们有利的事。只要她认为是对的，不管别人怎么说、怎么看，也不管有多大的困难，她一定要去做。她说："凡事不去做、不去尝试，怎么就知道这件事不行呢？只有最后的结果才能说明做这件事的对或错。做任何事都会有风险，怕风险就做不成任何事。我只是对待风险的态度不同，做对了是大家的事，做错了是我自己的事。"这就是张秀兰！

在努力时，她不一定想过什么与时俱进，她只知道眼睛往前看、步子往前迈，眼光和行动要跟上时代发展的步伐。就算是路不好走，她也想去闯一闯；就算是有挫折，她也坚信，今天这件事不行，不一定明天就不行。所以，她敢于把到明天才能做的事，拿到今天来试试。这就是张秀兰！

张秀兰用实际行动诠释了“敢立潮头，与时俱进”。在现实中，多数人是用眼睛看事物，只有少数人是用眼光看事物，张秀兰就是这样的少数人。

四　“多管事”，给市委领导写信

2001年年末，德州市人民医院领导换届，调整领导班子成员。调整领导班子成员要以当时市委组织部下发的文件规定标准按程序进行，即先在单位内部进行民意测验，再按照已规定的领导班子成员职数，由组织部门按测验得分、名次等进行考核，最后由市委审批。候选人一般要符合市委组织部规定的两个硬标准：一是现任中层正职且任职5年以上，二是年龄45岁以下。但是，医院外系各科室竟没有符合市委组织部所规定的条件的，几位老主任都已面临退休，年轻的还都是副职。

任何一家地方支柱医院或医疗机构，都是由内系和外系两大龙头部门所组成的。内系主要包括内科、保健科、老干部科等部门，外系主要由外科、妇产科等含有大、小手术的科室组成。在一个医院里，绝大部分工作都在外系，且外系充分体现着该医院的整体医疗水平。这两大系的业务性质、专业特点和工作作风有着极大的差别。在临床上，内系“新手”两三年就可以胜任工作，优秀的可以提拔科室副主任；“老手”坐诊几十年可能还在原地。在外系，没有十几年的功夫成不了“主刀”。因此，在人才培养上，外系临床医生要成为栋梁之材是一个漫长的过程。在声誉上，一家医院声誉的好坏也大多时候是由其外系水平决定的。

如果真出现了外系无一人进入领导班子的局面，对德州市人民医院今后的工作发展毫无疑问是很不利的，而换届的目的本是使管理工作更有力，打开工作新局面，创造工作新成绩，使人民医院的整体工作有一个新的发展。怎么办？全院职工都在拭目以待。

时任外系妇产科主任的张秀兰面临退休，该不该给医院和上级领导提提自己的看法和意见？她在犹豫。但张秀兰又想：别人想不想、管不管这件事我不知道，可我是医院的一员，还是省第九届人大代表，我既对医院今后的工作发展有责任，也对广大需要良好医疗环境的人民有责任。她主意已定，且知道这也是医院领导做不了主的事，就直接给市委领导写信。

不了解张秀兰的人可能会对她评头论足，说她“爱出风头”“另有打算”。殊不知，在医院上一届领导换届时，张秀兰就在接受考察的后备干部之列，并且民意测验全院第一名。但是她谢绝了。张秀兰从不在乎官位，更不在意流言蜚语。她毅然给市委领导写信，表达了自己的看法和意见，同时还找到了神经外科的老主任周修玉共同参议。周修玉主任也在信上签上了名字。

张秀兰委托妇产科的刘月英大夫将信转交给市委领导。市委领导很重视这封信，并就德州市人民医院的领导班子一事进行了研究，最终形成如下意见：将妇产科副主任黄艳丽和外科副主任李钟山破格提升为院长助理，进入新一届的领导班子。这就解决了医院领导班子中内外系人员失衡的问题，为医院今后工作的顺利开展铺平了道路。

平心而论，明白医院领导班子人员失衡将会对医院工作带来什么影响的不止张秀兰一个，却唯有她站了出来。可能有人认为她是省人大代表，说话有分量才这么做。其实，张秀兰只是觉得自己有责任，该提，她就提了。仅此而已。

她的“情”在这里，“心”也在这里。站在医院的立场上，她的正义感和对工作负责与“多管事”的作风永远不会变。

五　帮助别人，想着别人

在张秀兰帮助过的人中，最多的当数病人了。她以各种方式、从多种渠道去帮助这些病人，尤其是对一些来自偏远落后地区的农村病人，她除了认真仔细地给予他们治疗以外，还尽量让他们花费最少的钱，对一些特别困难的还出手相助。

20 世纪 90 年代初，张秀兰已经是德州地区妇产科领域“第一把刀”了。当时，慕名而来找她做手术的人与日俱增，最多时她一天做八台手术，就这样还有很多人排不上号。

有些人以为，找名医看病做手术，是要请客送礼、送红包的，尤其是请像张秀兰这样的“一把刀”。对此，张秀兰是不习惯的。对于病人家属的这些做法，她会用自己的方法去处理。

农村的病号来了送点农产品，张秀兰也就接受了，但接受后还要回送礼物。张秀兰非常明白病人家属的心情，只有收下他们的礼品，他们才安心。为了迎合病人家属的这种心理，使病人更好地配合治疗，张秀兰有时只好暂时收下他们的礼品，等看完病或做完手术再退还给他们。对于红包，张秀兰是断然不收的。但是，看到病人以及病人家属那种忧虑怀疑的样子，张秀兰也知道他们在想什么。病人与医生的配合对治疗效果是相当重要的。为了使这些病人配合和放心，张秀兰也只能无奈地先将红包暂时留下，等一切治疗结束后再还给他们，这时病人及其家属也容易接受了。张秀兰的这种做法常使一些送红包的人感到既不好意思又非常感动。当遇到一些特殊情况还不回去时，张秀兰就会趁病人还没出院，把红包送到医院的收款处，作为病人的医药费押金。

不仅如此，张秀兰还时常对特困病人出手相助。2011 年，在深圳武警医院时，资助湛江的一名病人 3000 元；2012 年，资助东北和深圳的患者各一名，每人 3000 元。这些都是看不起病的病人，实在拿不出钱来了，但是不交费就看不了病，病看了一半怎么办呢？张秀兰就从自己的包里拿出钱来让他们先去交费。有人问张秀兰为什么这么做，她总是简单地说，治病要紧。张秀兰曾帮助过的人，她能记住的是少数，多数她是记不住的。资助病人，是她习以为常的事。

对身边的人，张秀兰也经常出手相助。深圳武警医院生殖中心的司机王金钊是她帮助最多的人。王金钊的妻子因客观因素待在老家新疆，他自己带着孩子在深圳工作。一个男人带着孩子，工作又忙，真不容易。所以，只要有机会，张秀兰就尽量帮他，把他当成了自己的家人。她一有空就替他照顾孩子，平时也常给孩子买喜欢吃的东西。她一直称呼他为“王师傅”，有时候丈夫说：“你直接喊他‘金钊’就行了，都这么熟了，还喊什么‘师傅’呢？”可是她却说：“互相尊重嘛！人家天天没早没晚地为你服务，尊重人家也是应该的。”

对另一位司机彭治平，她也是如此，把他当成自己的家人，当成自己的孩子。小彭两口子独闯深圳，远离家乡，远离父母，张秀兰就尽最大努力在工作和生活上帮助他们。连小两口闹意见，张秀兰也是非常诚恳地像对待自己的孩子那样去做工作。还有小彭的妹妹，张秀兰也是尽心尽力帮忙，让她生活得更好一些。

早在德州时，张秀兰就不只是从医疗费用上对特困病人出手相助。有的病人没有人照顾，她就亲自照顾或安排人照顾，有时还把病人请到自己家里吃住；有的病人因思想压力过大住院后得了癔症，她就像家人一样给予贴心的关怀，使其消除压力，恢复健康。许多病人因此与她成了亲密无间的朋友。

张秀兰不但经常出手帮助别人，而且时时处处想着别人。她在家休息时，深圳武警医院生殖中心的同事都说要来看她，她却说："不用，你们来我家太远，也不方便，改天我去看你们。"2012 年 12 月 17 日晚，张秀兰在锦城酒店摆了三桌，生殖中心去了 30 多人。她怕他们付费，提前就把餐费交上了。同事们一见她就和她拥抱在一起，有的还痛哭流涕。

在不干工作的闲适日子里，张秀兰也没有忘记那些需要帮助的人，还有那些她放心不下的病人，天天在家里通过电话为天南海北的病人无偿服务。无论在什么境遇下，她那颗帮助别人的心一刻也没有改变过。变化的是岁月，不变的是人的良知。环境可以改变，她为人民服务的心没有改变。这就是张秀兰。

有一次，她去小区南门邮寄东西，见一位小姑娘一个人忙得满头大汗，后面排队的人不停地催促，就赶紧上前帮忙缠胶带、打包裹，排队的人都用奇怪的目光望着张秀兰。小姑娘非常感动地对她说："谢谢您，大姨，您看您这么大年纪了还给我这年轻人帮忙。""能帮忙的就帮忙，这很正常。人嘛，就应该这样。"张秀兰很淡定地说。

一天傍晚，张秀兰在小区内散步，看到爱慕尔理发店的对面有一位拾荒妇女，50 岁左右，正在人行道上收拾捆绑一摞破纸箱子。纸箱子足有十几公斤重，且大小不一、长短不齐。她很费力地扛在柔弱的肩上，却又稀里哗啦地散落了一地。她只好重新收拾捆绑，急得满头大汗。张秀兰看到这种情况后，赶紧走上前去帮忙，说："不用扛了，这种纸箱子根本就系不紧。来，我帮你，咱俩抬着。"就这样，张秀兰和这位拾荒妇女一起抬着纸箱子走到了小区南门外路旁的废品站。在路上，这位妇女操着外地口音边走边对张秀兰千恩万谢。

帮人随人性，做事从自然。张秀兰的这种自然，就是一种境界。

六　热爱人生，珍惜感情

春有春花，夏有夏雨，秋有秋月，冬有冬雪。四季的景色都是美丽的，但美丽的颜色各有不同。人的一生也同样不会是空白的，关键在于我们用什么颜色去填充它。

张秀兰热爱人生，钟爱事业，把时间几乎全部奉献给了她的病人以及她想做的事情。她并没有什么豪言壮语，也没有什么轰轰烈烈的行为，有的只是普通的生活和在这普通生活中闪光的个性。她的口头禅是："人，活着就需要工作，就得有事干，闲着有什么意思呢？干着是乐趣，不干则窝憋。"她的个性就是要不停地工作。不是工作离不开她，是她离不开工作。如果不让她工作，她就会觉得人生黯淡了。在张秀兰的时间表里，自由时间和工作时间从来都是合并使用的。如果非要说她自由的话，那就是她在自由地工作，她甚至觉得在自由时间里工作比在规定的时间里工作更称心。

工作体现人生价值，也是人生幸福之所在。人生价值和人生幸福，都从她默默无闻的工作中体现出来。她普通得像一棵小草，衬托着美丽的春天。

在付出更多工作时间和对事业努力追求的过程中，张秀兰实现了自己的人生价值。她常说："人，活着就干，死了就散。"她还常说：

"人，活着真好！可是要好好活着。"张秀兰是那么热爱生活。只有热爱生活的人，才会享受人生。有人说，能享受人生的人，必是能知恩图报、珍惜感情的人。感情是什么？感情就是爱情、亲情和友情的总和，是人与人之间相互传递的最珍贵的礼物。除亲情之外，谁也不知道感情的由来，但它却实实在在地存在着，我们要珍惜它的存在。在冬季，它会使我们感到温暖；在夏季，它会使我们感觉凉爽。

在张秀兰看来，感情中友情是最脆弱的，也是人们最难把握的，弄不好就会"伤感情"。她最不愿意伤害的就是同事和朋友之间的感情。在迫不得已的情况下，她宁可去伤害爱情和亲情，也绝不会去伤害友情，失信于同事与朋友。在德州市人民医院的时候，她从来没有按点上下班过，导致她所带的学生和同事上下班时间也与她一样，经常错过吃饭时间。这时，张秀兰就把他们领到自己家里，让丈夫给他们做饭吃。这种情况在张秀兰家再平常不过了，丈夫成了"冤大头"，不但要照顾孩子、做家务，还成了妻子的同事的炊事员。丈夫累也好，"冤"也好，只能认"倒霉"：谁叫自己找了这么一个媳妇呢！他心里憋着气，脸上还装着笑脸给他们做饭吃。

有一天中午，张秀兰带来了一群还没吃饭的人，丈夫只好像往常一样接待他们。等他们吃完饭，到了上班的时间，张秀兰临出门时又回头对丈夫说："晚上还有一些同事要来吃饭，你准备一下。"这时，丈夫实在忍不住了，喊道："什么?！你还有完没完啊?！你光知道在外面风光，你春风得意了，你考虑我的感受了吗?"张秀兰一看丈夫生气了，没说话就走了。

到了晚上，张秀兰又带回了一群同事。丈夫也无奈，只好憋着气招待他们。过后，张秀兰对丈夫说："那个时候，我宁可得罪你，也不能伤害朋友，因为我已经答应带他们到家里吃饭，我不能失信。"这些在张秀兰身上都是再平常不过的事。在处理这些事情上，张秀兰都是先应外后安内，宁可“伤害”家人，也要保护朋友之间的感情。

是的，在各种感情中，亲情与爱情是最不容易被击垮的，是经得起考验与打击的。但是，友情则不然。它极像一件易碎品，一不小心就有可能把它打碎。张秀兰懂得这些，因此对友情总是倍加小心地呵护。

张秀兰热爱生活，努力为自己精彩的人生而快乐地活着。她珍惜感情，心里从不设防。在她的眼里，所有的人都是好人。丈夫经常说：“人家把你卖了，你还帮着人家数钱。”她光知道自己卖命傻干，别的什么也不知道，像一个活生生的“傻子”。其实，她绝不是“傻子”，她有的是大智慧。

久而久之，张秀兰有了急公好义的口碑。在德州时，她经常把素不相识的疑难病症患者和思想压力过大的病人领到家中，争取使他们最大限度地配合治疗。这使他们感动万分、感激不尽。他们回去以后，不管走到哪里，都会不由自主地传颂张秀兰的高尚品德。病人们送给她的锦旗多得她办公室里都放不下了。无论在德州还是在深圳，只要有张秀兰坐诊，门诊上总是门庭若市，病号排着长长的队。直到接诊时间结束，诊室里的患者还是满满的。

2013 年 4 月 13 日晚，张秀兰的老同事，还在被德州市人民医院留聘的妇产科原护士长王玉萍来深圳走亲访友，探望张秀兰时说：“你不知道哩，张主任，你退了休离开德州十几年了，到现在还有到门诊去打听你要找你看病的呢!”

在深圳，张秀兰的接诊量占所有门诊接诊量的二分之一。湖南永州的李女士，因长年不孕到深圳找到了张秀兰。李女士求医十几年都没有成功怀孕，到了张秀兰这里一下就成功了。她高兴极了，回到家里逢人便宣传张秀兰的医德和医术，介绍了十几位不孕不育的患者到深圳找张秀兰。结果这些患者除一人未成功外，其余的全部成功怀孕。

这就是张秀兰的口碑。有口皆碑，名声自然在外。医院领导评价张秀兰："老牛自知夕阳晚，不须扬鞭自奋蹄！"2011 年，深圳武警医院生殖中心授予张秀兰"功勋员工奖"奖杯。

七　路口定向，危急敢当

麻秀芬，张秀兰的同乡，也是工农兵学员，大学毕业后在德州市妇联工作，与张秀兰两个人之间不是闺密胜似闺密，不是亲人胜似亲人。她的丈夫崔明磊，济南人，是“文革”前的大学生，毕业后在德州市机械局工作。他工作能力强，肯干，有思想，有抱负。

张秀兰与麻秀芬两个人各自成家后，来往更加密切，平时总是相互关照。不幸的是，麻秀芬在年轻时就患上双侧股骨头疾病，严重时行走都很困难。这种病给她的工作和生活带来诸多不便，家里里里外外都靠丈夫，去张秀兰家串门也是由丈夫用大金鹿牌自行车带着她去。20世纪90年代中期，麻秀芬意外怀孕，这可难坏了她。她心里愿意生，但考虑到自己的身体状况，怕给丈夫再增加负担，实在不忍心。丈夫崔明磊的态度是“坚决不要”，他是考虑麻秀芬的身体状况不宜要。为此，两个人“闹”到了张秀兰那里。

张秀兰听了后，先问崔明磊：“明磊，你的意见是‘不要’?”“不要！你看她身体这个样子怎么要啊?！不要!”他回答得非常坚决。张秀兰又问麻秀芬：“秀芬，你的意见呢?”“我是想要，但我考虑从我的腿出毛病以后家里的事都是他干，他这么累，工作又这么忙，我怕再给他增加负担，左右为难。”

张秀兰听完直截了当地对他们俩说：“叫我说，要！工作上忙，这都很正常，关键是你们都没有考虑这个孩子该不该要，而是在考虑对方的困难。在工作中，我们比别人多干点，走在别人前面，非常应该。难道我们为了亲人，为了家庭，为了美好人生，为了其乐融融的将来，多吃点苦、多受点累不应该吗?！更重要的是，如果真不要，这将给秀芬带来终生的遗憾。这种遗憾，秀芬要带着一辈子。明磊，我知道你是为秀芬好，可是这个遗憾一辈子的事你怎么给她解决?”

张秀兰的最后一句话，震动了崔明磊，也惊醒了两个人。半年以后，麻秀芬生下了一个可爱的大胖小子。孩子的到来并没有给秀芬夫妻二人带来太多负担，反而给他们带来了幸福和人生的精彩，一家人格外高兴。为此，麻秀芬夫妇让孩子认了张秀兰“干妈”。

天有不测风云，人有旦夕祸福。2001 年年底，崔明磊正准备去济南开会，却突发脑瘤破裂，昏倒在家中。待送到德州市人民医院时，他的瞳孔已放大，生命危在旦夕。事发突然，麻秀芬六神无主，孩子也惊慌失措。当时，市委和市经委的领导都赶到了，崔明磊的同事也在场，大夫也束手无策。因为做手术很危险，不做手术更危险，谁也不敢担责任。正在这时，张秀兰赶到了，问了问病情后，高声喊道：“上手术台！做就有希望，不做就没有希望！”“家属不敢签字啊！”大夫说。“我来给她做工作，赶紧上手术台！”张秀兰非常坚决地说。

做完手术，崔明磊在重症监护室弥留了 18 天还是撒手而去。但是，这给了亲人们一个适应和接受的过程，也让亲人们没有因自己的选择而后悔终生。这场手术其实没有选择。在那种情况下，假如不做手术，一点希望也没有。但在遇到这种危急情况时，领导和家人都没了主意，大夫也不知道如何是好。他们都知道，就算做，希望也不大，也是白折腾、白花钱。关键是家属没有签字，大夫不可能替家属做主。这时候，必须要有人能站出来敢于担当才行。幸好危急中张秀兰站出来了，承担了一切责任和风险。

多少年来，麻秀芬始终对张秀兰充满感激。在那千钧一发的危急时刻，有谁肯站出来呢？有谁不考虑自己，不考虑后果，只理智地分析态势而敢于站出来呢？只有张秀兰。

八　朴素平实，执着正直

如果给张秀兰一个评价——朴素、平实、执着、正直、明大义，没有人会反对。朴素平实，凡是认识她的人都会认同。已年近古稀的她，从来没有化过妆，也没有追赶过衣着的时尚。退休后有空时去做做皮肤护理，她觉得已经很时尚了。可以理解，因为她年轻时所处的时代，男女青绿一色，没有那么多时尚潮流的东西，她也养成了朴实无华的品性。

朴素，是天下至纯至精、至简至美之道。朴素，谓质朴，也指俭朴、不奢华。朴素的气质是一个人的本色本心，是其真才实学、厚实积淀和丰沛内蕴的自然流露。朴素是真善美原野上升起的星辰，与之无缘者无论如何也无力仰视它的美。张秀兰身上的朴素看上去充满人间烟火气，但骨子里却透着清高与超尘。

素非不美，朴也无敌。朴素像日常净水无色无味，利万物而不争。有谁能相信，张秀兰现在还穿着带补丁的秋裤，而且是两条腿都带着很大的补丁的那种。

对于张秀兰天生的朴素感，丈夫实在是找不出更美好、更确切的词语来形容，倒是网上一则描写朴素的帖子能代表丈夫心中的感受。

什么是朴素？

朴素就是：

不雕琢修饰，不包装遮掩。

不追求时尚，不随波逐流。

不矫情做作，不张扬卖弄。

不注重名位，不出人头地。

不羡慕强者，不嫉妒同行。

不贪图享受，不溺于安逸。

不甘于平庸，不无所作为。

不因循守旧，不故步自封。

这16个“不”，用来形容张秀兰恰如其分。张秀兰平易朴实，一是一，二是二，从不左右奉迎，从无华而不实之处。

张秀兰的另一种个性特色是执着。

人生需要执着，做事需要执着。执着就像一把钥匙，能打开人生成功的大门；执着就像一把利剑，能斩除所有的恐惧。执着不是一时的冲动，而是理性的坚持。执着是不懈的追求，有人执着于一份事业，有人执着于自己人生的完美，有人执着于几份承诺，有人执着于正义……

张秀兰在德州市人民医院时，有一位病人中孕引产，术后高烧一个月，全院专家会诊多次找不到病因，也没有有效的治疗方法。张秀兰和护士杨金兰带着病历去济南某附属医院，请了妇产科的权威教授、神经外科主任和五官科主任会诊，会诊结果也不理想。张秀兰和杨金兰二人无奈而回。为了给德州市人民医院省钱，两个人从那家附属医院步行到济南火车站。在等车时，张秀兰越想越觉得结果不理想。两个人又步行回去，再次要求内科会诊。当时，那家医院医务科的领导说："像你们这样执着的会诊，我还是第一次见到。"内科的权威专家们看了病历，又听了张秀兰的汇报，把病人的病因解释得头头是道、清清楚楚，并提出了具体治疗方案。

张秀兰和杨金兰带着满意的治疗方案回到了德州。按此方案治疗后，病人一天比一天好转，7 天后痊愈出院。张秀兰的执着，挽救了患者的生命。

张秀兰的犟脾气，老师和同学们都知道，家人更清楚。她一旦钻到牛角尖里，十头牛也拉不回来。她的一位同学曾对她说："在你心里，只有病人、病人、病人，别的你什么也不知道!""我知道那么多干吗啊?! 知道病人就行了。"她理直气壮地反驳。儿子也这么说过她，丈夫也劝过她，但都没用。她是不到黄河不死心的，就是撞了南墙也不回头，非要撞个大洞，而且过去后还是往前走。有时丈夫生气地说她："你就是一根筋!"她还是反驳："这不是一根筋，这是执着。"儿媳也在一旁笑着说："还幸亏有这'一根筋'的精神，什么事都能过去。"其实，张秀兰说得也对，这就是执着，是一种坚韧不拔的精神，是一种干事的态度。"执着"和"一根筋"两者有相似之处，但实质上是不一样的。"执着"是为了实现自己的理想和目标坚持不懈，而"一根筋"只是一个人的脾气与性格，有时也叫"任性"。

第四章

这样一个家

ZHE YANG YI GE JIA

一 也想有个家

1966 年，张秀兰就要高中毕业时，“文革”开始，学校停课了。

求学之路被阻断，她十分迷茫。这个时候，她已经二十几岁，到了谈婚论嫁的年龄，同龄的女孩子们都已出嫁，有的甚至孩子都好几岁了。她想：“难道我就要像她们一样，恋爱结婚、生孩子带孩子吗？开花就是结婚？结果就是生孩子？变成一个无所事事的家庭妇女？那还是我吗？”她不敢想，也不甘心。面对前来上门提亲者的诚意，面对父母为她操的心，她无法也无处去诉说自己的苦衷和心结，只有用伤心的啼哭来回应他们。距离她家不远的郝胡村有一户人家，家庭条件很好，小伙子也不错。但一提这件事，她只是哭。“不行就拉倒啊，你老是哭嘛呢！”父母说她，可她还是哭。每次哭一阵子，这件事就先搁一段时间。她自己也想，光这样是不行的，得赶紧找自己的出路。

这个时候，大队广播喇叭里传来了“工业学大庆，农业学大寨”的口号，她的眼前顿时一亮：我愿意扎根农村。在农村想干出一番事业来，就得走大寨的路子。郭凤莲就是我的榜样，有了榜样就有了方向和力量。她找到了自己努力的方向，浑身也增添了无穷的力量。她开始去实现自我。

虽然她还年轻，没有任何实践经验，但她志向远大。她首先深入群众中去，学习各种农活。

张秀兰家所在的村子在平原县城正东方向15公里处，当时属尹屯人民公社，20世纪70年代末改革开放后属尹屯乡，后来又合并到前曹镇最东边的张长村。张长村南北长1.5公里，东西宽不足0.5公里，人口800多。全村为一个大队，分6个小队，张秀兰家属于第五小队。

她那时高中毕业，回到农村算是位有知识的社员了，因此备受关注。经过短时间的迷茫和彷徨后，她找回了自己，开始学着郭凤莲的样子，计划走出一条属于自己的路。

在很短的时间里，她就掌握了各种农活的操作技术，耕耙种耘，样样都会做。她还专门挑一些技术水平含量高的农活去做。播种就是一门技术活，那时没有现在的播种机，而是用一种叫“耧”的农具播种——前面有人牵着牲口拉着，后面有人扶着，俗称“晃耧”。晃耧通常是由农村有经验的老年男性来完成，以保证种子均匀下地。经过训练，张秀兰竟能熟练地掌握晃耧技术，令好多男社员赞叹。

她不仅平时挑最累的活去干，还要求“上河”。上河就是人工修河，以改善农村的水利条件，是摆脱靠天吃饭处境的一项大工程。修河有省级工程、县级工程和公社级工程。一般县级工程任务最多，每年分两季，春季在春节后麦收前，秋季在秋收后入冬前，都是在农闲季节，工期一般是一个半月到两个月。这是农村最累的活，待遇也最高，一天计两天的工分，还有补助粮。上级要求农村户口的18～45岁之间的青壮年男劳力无条件地轮流参加，并当作一项政治任务来对待。因为太累，有好多男劳力都不愿意去。

这时候，张秀兰提出要去上河，村里的领导以为她开玩笑，说什么也不同意：哪有妇女干这种活的，再说，工地上清一色的男人，她去也不方便。但是她执意要去，领导也没办法，就同意她去工地的食堂为大家做饭，本来这也是男人的活。她高高兴兴地跟着浩浩荡荡的修河大军上了河。除了做饭，她还帮大家洗衣服，同去的人都从心眼儿里佩服她、赞扬她。她热心服务，积极肯干，不但劳动时是一把好手，休息时还组织大家唱歌、说快板、读报纸等，活跃了工地上的气氛。

秋季修河施工后期，施工越来越艰难，天气也越来越冷，早晨的气温已经到了零下，张秀兰仍然穿着单衣单裤。早上，她比所有人起得都早，为他们准备早饭。晚上，大家劳累一天都早早睡下了，但她还在忙碌着，为第二天的工作做准备。领导好几次催她回家换棉衣，她都没回去。一天晚上，在忙完了所有的工作后，她给领导说了一声就回家了。临走时，领导嘱咐她在家多待两天，好好歇歇。但张秀兰不想耽误工作，打算回家取了棉袄棉裤就走，可没想到棉袄棉裤被母亲拆洗了还没完全做好。怎么办？自己做，还来得及。一夜的时间，她做好了自己的棉袄棉裤，穿在身上，一早赶回工地，还赶上了早晨做早饭。张秀兰的这一举动传遍了整个工地，她的名字更响亮了。一时间，张秀兰成了新闻人物。

当时的农村还非常贫穷落后，张秀兰思量着，怎么才能改变这一面貌呢？光指望种地不成。春冬两闲季节人们无事可做，时间白白浪费了，应该利用这个时间搞点副业。搞什么呢？周围做豆腐的很多，做豆腐皮的还很少，那就做豆腐皮！决定了以后，马上就干。村里的领导非常重视她的意见，支持她做豆腐皮的想法。在领导的大力支持下，她带着几个人做出的豆腐皮质量好、颜色好、口感好，且足斤足两、质优价廉，得到了人们的好评。豆腐皮很快就打开了市场，同时也给村里带来了收益。

在小小的名气和成绩面前，张秀兰没有停止对改变农村贫穷落后面貌的思考。根据本村的土质条件，她想利用空闲的土地种植果树，并开始规划梨树林、桃树林、杏树林和苹果树林。桃三杏四梨五年，苹果几年就能赚钱，在未结果的头几年里，还可以间种其他农作物，取得一举两得的效果。

张秀兰还发现农村缺医少药，人们的病痛得不到及时医治。她利用业余时间学习医疗知识，主动担起了农村“赤脚医生”的角色。村民们一般的小病小伤她随叫随到，大病看不了的就陪他们去医院。因此，村里的人一有头疼感冒就去找她。因为缺乏药品，张秀兰就在治疗方法上下功夫。治疗老年人，她使用针灸或者土偏方，都能药到病除；治疗小孩，她就给推拿一下；对于青壮年，她就告诉他们该注意什么，尽量使其自愈。在农村，她已成了无所不能的新型社员了。

事业在发展，人也在成长，个人问题虽然被她的理想挤压到一边，但总是存在的，而且随着时间的推移不断加剧地困扰着她。父母更是焦急万分，烦躁不安。她也觉得是到了该考虑的时候了，倒不是因为自己的年龄不能再拖，而是她不想再让父母挂心，而且婚姻并不会影响她的事业发展。她完全可以把自己的做法和经验带到将来的婆家去，用自己的经验和知识帮助更多的人。

这时，正好有一位亲戚来提亲，提的是东李村的一位现役军人。她同意了，简单的程序一过也就算订婚了。婚事定下以后，一家人都很高兴。她也放下了思想包袱，更放开了手脚，越干越有劲。1970 年 11 月，村里的老支书张宪柱亲自介绍她加入中国共产党。她的事迹得到了上级的认可，公社组织的模范人物事迹报告会还让她去演讲。在大会上，她的演讲获得了阵阵掌声，她从此成了公社里的模范代表和典型人物。同时，她的事迹也引起了县里领导的重视，在全县进行了宣传。

在这个世界上，只有充满自信的强者才能掌握自己的命运，以一种永不服输的斗志和坚韧不拔的毅力与困难做斗争，最终达到理想的彼岸。

这个春天，春风又送来温暖。中国的教育复苏了。张秀兰被推荐为第一届工农兵学员，也成了张长村有史以来的第一位大学生。真是春风送得意，心情更舒畅。

就在张秀兰满腔热情地准备大展宏图之时，未婚夫提出来要结婚。但学校有规定，学习期间不能结婚。张秀兰不可能因为结婚而放弃这来之不易的学习机会。她一再给未婚夫做工作，可他仍然坚持自己的意见，最后还找到学校里去，并说："不结婚，就分手。"张秀兰是不可能退让的，因为他们之间毫无感情基础，而且当时她已经是学校的党委成员，为结婚放弃前途，她怎能甘心。她思前想后，无奈只得分手了。张秀兰有自己的雄心大志，梦想还未实现，蓝图还未成型，她不可能为婚姻而放弃一切。

1974 年 8 月，张秀兰被分配到德州市人民医院妇产科，当了一名妇产科大夫。工作有了，个人问题又摆在了面前。这一次，她不再敷衍，觉得需要认真考虑和对待了。但是，她却遇到了料想不到的困难。一是，她是共产党员和工农兵学员，在领导的眼里也是政治标兵，非常受器重，无人敢攀；二是，她名声过大，在大家眼中已是女强人形象，不够了解她的人担心她过于强势；三是，她年龄较大，已经错过了谈婚论嫁的最佳年龄。所以，她竟成了当时的"婚姻困难户"。

一晃，她毕业一年多了，工作越来越好，个人问题却越来越令她迷茫，交往了几个都未果，一时给了她不小的压力。她安慰自己，有缘不在早晚。可是，每当她看到别人，尤其是身边的同学家庭幸福、其乐融融时，心中不由得升起一股酸楚，就像一首歌中唱的那样：

我想有个家，
一个不需要华丽的地方，
在我疲倦的时候我会想到它。
我想有个家，
一个不需要多大的地方，
在我受惊吓的时候我才不害怕。
谁不想有个家，
可是就有人没有它。
…………
相同的年华，不同的心灵，
让我有个家！

二　有了一个家

“踏破铁鞋无觅处，得来全不费工夫。”1976 年年底，后来成为张秀兰的丈夫的马德忠来到了德州工作。可能是有缘千里来相会吧，他不一定就是她理想中的白马王子，但最终走进了她的生活。

马德忠是第三届工农兵学员，经历了与张秀兰相同的求学之路，甚至比张秀兰的经历还要艰苦，也是从大浪淘沙般的考试中闯过来的佼佼者。1973 年 9 月，他通过考核与考试被推荐到了北京钢铁学院学习。

马德忠在农村时，有位盲人为他占卜说，你将来的媳妇在西北方向 5 公里处，而张秀兰家所在的村子就在马德忠家所在的村子的西北方向 6 公里处。巧合的是，在马德忠上大学的 3 年中，每年都有不同的介绍人为他和张秀兰提亲。

1974 年秋末，张秀兰以组长的身份带领德州市人民医院的医疗小分队赴农村巡回医疗。有一天，他们正好赶到禹城县辛店公社马德忠的老家小马庄村。当地的赤脚医生是马德忠的三哥马德智，他负责接待他们。在聊天时，他们谈起了婚姻问题，马德智主动给弟弟提亲，还热情地领着张秀兰他们去看了看马德忠家的房子和院子。张秀兰说：“你先看看你弟弟那边怎么想。”马德智马上给弟弟写信，但马德忠始终没有回信。后来，他们再见面时，张秀兰对马德智说："他是不是嫌我年龄大，要不介绍给我的同学?"结果还是未见到回音。张秀兰生气了，对同学说："他有什么了不起的，不理他。"此时的马德忠确实一直没有回信，原因有三个：一是他正发愤读书，没有精力考虑个人问题；二是他不知道毕业后会去哪里，决心学习期间不谈个人问题；三是他刚刚了断一段恋情，不想再为此事而费心力。他的宿舍里共五个人，除了他还有分别来自上海、无锡、武汉和九江的四个舍友。在三年的大学学习期间，马德忠用自己的人品加实干，征服了同学和老师，大三的时候以全票通过加入了中国共产党。就这样，张秀兰与马德忠错过了第一次接触的机会。

不管走到哪里，也不管在什么时候，马德忠始终忘不了老师的教育之恩，只要有机会就去看望老师。1975 年年初，大二的寒假过后，在回校时途经德州，马德忠特意下车去德州一中看望他的班主任魏寿涛老师。当时魏老师还没有下课，马德忠就在他的办公室里等着，魏老师的对桌正是张秀兰的班主任付国杰老师。马德忠走后，两位班主任老师有了一段很久之后才被他知道的对话：

付老师：你的这位学生不错啊，非常踏实，非常稳重，比你上次来的那个学生强多了，那一个太张扬。

魏老师：是啊，我的这个学生家里很穷，能上到大学真不容易。他很有出息，很老实，读书非常刻苦勤奋。真是穷人的孩子早当家啊!

付老师：我的一个学生，张秀兰，也很不错的，刚刚分到市人民医院……你这个学生有没有对象啊?

魏老师：可能没有吧，应该没有，我没听他说过。

付老师：咱给他们俩牵牵线怎么样啊?我的这个学生也

没有。

魏老师：那好啊！

付老师：那他多大了？

魏老师：我还真说不准，反正他是67届的应届初中毕业生。

付老师：哦，可能不行，我这个学生大好几岁呢！

两位老师都觉得非常可惜，张秀兰与马德忠又错过了第二次接触的机会。

1976年年底，马德忠大学毕业了，被分配到了兖州拖拉机厂。但到济南报到时，他说自己的家庭困难，需要照顾家，结果省分配办真的把他改分到了德州。而此时，他还不知道这里有一位叫张秀兰的姑娘在等他。

马德忠上大学之前，因家里缺钱，曾找在德州市人民医院工作的表哥帮过忙。毕业回来后，他又在表哥的帮助下去了当时德州最好的企业——德州拖拉机厂。表哥嘴快，见到张秀兰就说："老乡，小马回来了。"张秀兰一愣，说："哪个小马啊？""我表弟啊！在北京上大学的。"张秀兰这才恍然大悟："噢，毕业了。"她当时心里想："回来就回来吧，有什么了不起，与我有什么关系！"此时，表哥还不知道马德忠工作的具体情况，也没有再往下说。

1976年12月15日下午，马德忠到德州拖拉机厂报了到。晚上，他到表哥家串门。他一进门，表哥就问："有没有对象？""没有。前段时间有一位，觉得可以谈婚论嫁了，可人家突然又不同意了。"马德忠随口说着。"哎，你等着，我听说咱老乡也刚散了，我明天就去问她。"表哥很认真地对他说。

第二天，马德忠的表哥第一时间找到张秀兰，问起她的现状。张秀兰说："散了，早就没事了。"表哥拍手叫道："太好了！"张秀兰说："你这人怎么看人家笑话啊，人家都盼着成，你却盼着散，真差劲！"表哥爱逗，说："我表弟也没有啊，也散了，这不是等着你了吗？"后来，他认真地给张秀兰谈起了此事，并把马德忠的基本情况及家庭情况说了一遍。张秀兰也静下心来说："我考虑考虑再说，也得给家里商量一下啊！"这是张秀兰与马德忠见面的第三次机会。

事不过三，可能是命里注定的。不几天，张秀兰回话了，说可以见面。第一次见面，理所当然地就在马德忠的表哥家了。见面的这天晚上，马德忠还"故意"晚去了几分钟，耍了个"小心眼"。两个人见面后，简单地问候了几句，又说了一会儿话，张秀兰就提出来要走。表哥给马德忠使了个眼色，马德忠赶紧去送。按照常规，第一次见面都是象征性的，相互先看看感觉和长相，然后再通过接触了解内在的东西。隔了一天，表哥又约他们在家里见面。表嫂更爱逗，张秀兰一进门，她就喊孩子："快给你婶子倒水！"然后，她哈哈大笑。张秀兰的脸都羞红了。表哥这次认真起来，对她说："尽管咱们是老乡，家离得也不远，但这件事不能看面子，更不能勉强。有缘你们就是一家人，无缘还是老乡，各人找各人的归宿。从今天以后，你们自己约见就行了，定下来的时候别忘了告诉我一声，我等着喝你们的喜酒。"从此，张秀兰与马德忠就开始朝着"家的方向"走去，彼此越来越了解，真可谓："曾经沧海难为水，除却巫山不是云。"

情人眼里出西施，缘分早已有期待。爱一个人，才能发现这个人身上的美，所以爱是世界上最美好的感情。可能在别人眼里，张秀兰就是一位普通的乡下女子。可在马德忠看来，她是那么与众不同，于普通中带着高贵、粗犷中带着典雅，就像河床上的一块宝石，平凡而又熠熠生辉。

交往中，马德忠问张秀兰："你的择偶条件是什么？"张秀兰回答："第一，人好；第二，政治表现好；第三，贫下中农子弟。其他的都无所谓。”张秀兰又问马德忠：“那你的择偶条件呢?”马德忠回答：“我也有三个条件。第一，也是人好就行；第二，因为我的家庭负担重，所以对我的家人要好，对我本人好不好还在其次；第三，是个女人。”马德忠说到这里，张秀兰瞪了他一眼，他笑了。

他们在交往中从不隐瞒什么，彼此以诚相待，也用不着像年轻人那样去刻意考验对方。他们都是大龄青年了，都可以自己做主。更重要的是，他们相互之间已经有了一些了解。张秀兰最大的优点就是大气、充满正义感，没有一般姑娘常有的小性子，马德忠喜欢的就是这样的女人。双方都因对方的择偶条件而彼此欣赏，在了解的基础上也都非常理解对方。两个人不能说是一拍即合，也算心有灵犀了。他们谈恋爱的时间是在深冬和初春，天气比较冷，所以没有花前月下，主要是待在张秀兰的门诊办公室里。马德忠未出现时，这里是张秀兰和同事们学习的地方。马德忠出现后，她的同事们都很自觉地成全了他们。屋里只有他们俩，但他们并没有热恋的火花，只有静静的陪伴。可能是年龄大的缘故，两个人都喜欢这样安静地待着。张秀兰更多的时候是在织毛衣，有时候也看看书。偶尔，她站起身来走走，白大褂就在马德忠眼前飘荡。这时的马德忠虽无事可做，却不想过多地去打扰张秀兰的自由。就眼前的此景此情，他曾信手写下自己甜蜜的静思：

梦中天使

尘缘如梦，
耗尽相思，
步入那片神秘的白色风景，
是心与心的约定。

别把梦摇醒，
让它轻轻地飘，轻轻地飘……

天不老，白云飘飘，
地不荒，青青春草，
梦中等待，
梦中寻找。
别把梦摇醒，
让它轻轻地飘，轻轻地飘……

相伴清幽处，
一只风筝在飞舞，
希望就在幸福，
共鸣就是拥有。
别把梦摇醒，
让它轻轻地飘，轻轻地飘……

梦中的你，是塑造美的使者，
亭亭玉立，风度翩翩，
心随春意，抚平春残，
素养无极，魅力无边。
别把梦摇醒，
让它轻轻地飘，轻轻地飘……

今日梦中才相见，
来日此处再续缘，

不恨太晚，
梦能弥补缺憾。
别把梦摇醒，
让它轻轻地飘，轻轻地飘……

梦中寻，千百年，
蓦然回首，
只见白色翩翩，
把杏林尽染。
别把梦摇醒，
让它轻轻地飘，轻轻地飘……

马德忠在做着自己的美梦……

自知相见晚，
把梦续情缘，
未到结发日，
已启忠兰寰。

在谈恋爱的几个月的时间里，他们都没有问过对方的意见。谁也不问，只是凭感觉，他们有这个默契。快要结婚了，有一天张秀兰说："咱们去登记吧。"二人就到当时的德州四新派出所领了结婚证。

两个人刚刚交往的时候，马德忠就领着张秀兰到德州一中教师宿舍院里去看望魏寿涛老师。一进门，马德忠就指着张秀兰对魏老师说："这是我刚刚结识的女朋友，叫张秀兰，是付国杰老师的学生。"魏老师先是一愣，接着招呼他们坐下。随后，魏老师领着他们去了同院的付老师家。付老师及夫人杨老师得到消息，早已在门口迎接。他们进门后，三位老师开怀大笑，都由衷地高兴，还不停地审视着他们俩，看得张秀兰都有点不好意思了。之后，付老师提起那次不成功的撮合："去年我和魏老师还说过你们俩的事，当时认为是不可能的。"杨老师哈哈大笑："这就是不可能的可能，你去年要是提的话，说不定去年就成了。""哎，这是天意，去年要提说不定就成不了，好事多磨嘛！"平时很严肃的付老师，此时也打趣起来。

老师们的关心，也促使他们加快了成家的进程。1976 年年底他们才开始接触，过了春节，还未登记就开始考虑安家的事。他们先是到马德忠的单位申请宿舍。马德忠是刚刚从北京分配来的大学生，年轻的共产党员，在单位也是很出名的人物，领导也非常器重，但是要房子是真困难。领导给行政科下令想法解决，行政科只好勉强腾出了临街的一间破烂不堪的房子。马德忠不满意这间房子，不是嫌破，而是觉得临街极不安全，将来有了孩子更要担心。他们只好又向德州市人民医院申请，但是医院的房子更是紧张。经过多次周折，医院终于给了一间不到 9 平方米的房子。不管怎样，房子算有了。德州拖拉机厂给了一张再简易不过的木制双人床，张秀兰从其单身宿舍里搬过来一把椅子和一只父亲早就为她准备好的箱子，马德忠自制了一个炉子，这就算具备结婚的条件了。

1977 年 5 月 1 日，他们结婚了，只经过 5 个月的恋爱时间，按照现在的说法，这叫"闪婚"。没有庆典，没有宴席，没有彩礼，也没有陪送，是真正的"裸婚"。婚前，马德忠的同事每人一块钱，最多的两块钱，凑起来为他们买了一些生活用品。婚后从老家回来，张秀兰的同学朱洪双在自家摆了一桌酒席，宴请了同学们。他们俩的人生大事就这么简单地完成了。

这段时间里，令马德忠难忘的一件事是，结婚前他们去商店，张秀兰试了一件上衣，售价25元。她试了好几次，也很合适，最后却恋恋不舍地放下了。马德忠说：“买啊！”张秀兰说：“不行，太贵。”但是，她却把马德忠打扮得很好。更令马德忠苦涩、难忘的一件事情是，张秀兰在妊娠反应时，每当走过一个苹果摊的时候，老是盯着苹果看，不走也不买，回到家才对马德忠说：“苹果味真好闻啊！”“怎么不买啊？”“不用，闻闻味就行了。”当时的马德忠太傻了，不知道女人的妊娠反应是怎么回事。后来他知道了，悔青了肠子也难以弥补揪心的愧疚，仿佛自己成了妻子和孩子的“罪人”。多年以来，每每想起那段日子，他都难以压抑愧疚感。

张秀兰终于有了自己的家。人是漂泊的船，家是温暖的岸，是可以给人遮风挡雨的地方，在那里也有自己最爱的人。第二年，他们有了儿子。儿子给家里带来了欢乐，也使夫妻二人更加忙碌了。他们在忙碌中享受着家的温馨，并共同为家庭的幸福努力奋斗。

他们的爱情并非是一见钟情，却是经得起风雨和摔打的。他们的爱情是在岁月的磨砺中擦出的火花，这才是真正的实实在在的爱情。这种爱情使两个人同在一个屋檐下，共同享受着生活的幸福时刻。这种爱情也能使两个人在必要时同时勇敢地冲进雨中，就算浑身都淋湿了，也能感觉到生活的湿（诗）意。这就是真正的爱情的魔力。

张秀兰一家

三　简陋的家

一个家，一间不到 9 平方米的房子，一张床就占去了大半，一张破旧的桌子紧靠在一个墙角里，上面再放上一只箱子，屋子里头基本上就没有了多余的地方。尤其是到冬天，还要挤上一个自制的炉子。两个人同时在屋子里走动时，要互相侧身让步才能过去。有时候，婆婆从老家过来，张秀兰只好和她挤在一张床上，丈夫只能出去借宿。有了孩子以后，屋子就更显小了。

张秀兰是第一届工农兵学员，也是由于“文革”造成医疗骨干人员断茬后第一批成长起来的医疗骨干人员，更是成家立业的第一批青年人。医院没有提前考虑这批人的结婚住房问题，但还是解决了张秀兰的住房，这已经是对她最大的照顾了。

张秀兰从单身的角色转换成了有家的人，好在家距她上班的地方相当近，只有几步远，她可以兼顾家庭和工作。这也是丈夫当初极力要在医院安家的原因。张秀兰经常上夜班，有时还住在医院里，丈夫不用担心她的安全问题，为此他宁可自己多跑路。有时候张秀兰上夜班吃不上饭，丈夫回家后做好饭再去喊她。张秀兰基本上顾不上做家务，家务都是丈夫的事，她有空时就是学习。有了孩子以后，除了喂孩子非她不可，其余的家务事都由丈夫来做。

后来，年轻人结婚的越来越多，医院里要调整房子。按照规定，先结婚或有了孩子的可以调整到由一排仓库改造成的稍大一点的房子里，腾出小的来给刚刚结婚的。新房子有两间，近 30 平方米，还有一个小院。这在当时是很不错的大房子了。房子这件大事解决了，张秀兰可以更专心地去工作了。

丈夫工作之余，时常要改造一下这个小家，使其更令人满意。两个人都来自农村，家里常有人来，丈夫就找人把两间房改造成了四个小间，再来人就方便多了；院子里没有自来水，一切用水都要去大道上十几米远的地方提，太不方便，丈夫就找人铺设水管，将自来水引到了院子里。还有一个更大的问题：邻居家的小厨房正好在他们家的院子里，而他们家的小厨房又挡住了自己的家门，出出进进还要走邻居家的院子，这实在是让人感到别扭。这些事医院是不管的。于是，丈夫找到自己的单位。丈夫在单位的工作表现、专业水平和群众基础都很好，领导知晓后，马上安排工人带着材料到医院宿舍去给他们改造小厨房，整理院子。丈夫和工人一起，用了近半个月时间，将自己和邻居家的两个小厨房都翻盖了一遍，把家彻底改造成了一个令人比较满意的小家小院。丈夫还借机在重新盖起的小厨房里垒上了洗澡的水池子，并安上了自制太阳能，还在小小的院子里种上了梧桐树和花草。家里这么大的改造工程，张秀兰却一天班也没休。有一天，丈夫被钉子扎了脚，正在一瘸一拐地推着砖，张秀兰下班回家了。这一回，丈夫发火了："你就不能请天假、休个班吗?"张秀兰没言语，赶紧伸手帮忙，不过她帮的忙也就是做饭。

一个小小的家，一个简陋的家，通过他们自己的努力，变成了一个充满活力与希望的美好小家。在这个小家的温暖中，张秀兰继续创造着工作上的奇迹，也不经意地孕育着自己的人生幸福。

院子整好了，房子也比原来的大了许多，屋里的东西就显得太少了，因为他们没有一件像样的家具。丈夫突发奇想，自己做。从来没做过木工的他从同事那里借来工具，又捡了一些破板子、短木头等，利用业余时间在家做起了家具。他先从做沙发开始，自己做架子，自己安装弹簧，自己裁布，自己踩缝纫机缝制，自己包装，居然做成了一对像模像样的非常结实耐用的时髦沙发。亲戚们来串门时看到都说好。就这样，家里的一切越来越好，他们的人生道路也越走越顺畅、越走越宽广。

四　支撑老家的家

张秀兰刚结婚时，工资每月 35 元钱，丈夫的工资也一样，两个人每月共 70 元钱。第二年，他们有了孩子。孩子需要找人照顾，他们经济上还是很拮据的。

这时，农村的状况虽然有所好转，但还是很贫苦。马德忠的老家比一般人家更困难，穿衣吃饭都成问题。这一切，张秀兰看在眼里，记在心里，常常自己节衣缩食，省了再省，尽最大努力去帮助还在农村的老人和弟妹们。

马德忠的父亲在世时，竭尽全力为儿子盖起了一座新房，但到临终也没能扣上瓦，而张秀兰结婚当年就为房子盖上了瓦。这一下惊动了全村，也感动了全村的老老少少，都说马德忠找了一个好媳妇。从此，张秀兰在婆家村里有了名，成为全村第一位公认的在外地工作的孝顺、懂事理、明大义的好媳妇。

马德忠的母亲因长年生活艰苦积劳成疾，张秀兰就不断地往回捎食品和药品，还经常把老人接到德州看病疗养。老家人的温饱还成问题，她就用自己的粮本从有限的份额中买了粮，找人捎到老家。在同事、同学和朋友中，有的人粮本上有长年积压的余粮，张秀兰也搜集过来送到老家。别人给的粮油、副食品等，只要老家需要，她都找人带回去。老家不仅粮食成问题，穿衣也很困难，张秀兰就找到当时在纺织品公司上班的同学批发廉价棉布，一买就是几十尺。老家的邻居和亲戚如果需要，她也帮着买。逢年过节，知道自己工作忙回不去，她就让丈夫回去，带钱带东西。尤其是过年时，老家的食油解决不了，她就想法买尽量多的食油，让丈夫带回去，到双方家都走走看看。总之，只要老家有需要，只要是她能办到的事，她一定千方百计去办。那时她自己的小家才刚刚组成，各方面也都很困难。更重要的是儿子没有人照顾，因为张秀兰娘家的老人自己有孙女需要照看，没空照顾外孙，婆家的老人有病也不能给帮忙。丈夫只好找亲戚帮忙看孩子，但人人都有自己的事，所以照顾孩子的人换了一个又一个，基本上是这个照顾几天，那个照顾几天。最后，他们竟让一位来看病的武城县的曹先生夫妇俩把儿子带走，在农村待了半年多。尽管这样，张秀兰还不忘支持着老家。

无情的岁月，人间的烟火，炙烤着人们的心灵；苦难的人生，冷酷的风雨，磨炼着人们的意志。张秀兰迎着一切困难和挑战，忙在工作里，乐在希望中，痛并快乐着。她虽是女儿身，但处处都表现出了“男子汉”的气概，一手与丈夫携手共建自己温暖而幸福的小家，一手又与丈夫合力托起老家的一片天。

五　进修和实习人员的家

张秀兰第一次搬家后，丈夫将两间15平方米的房子改造成了四小间，老家来人时住起来很方便。

但这一时期，张秀兰有一些分配到县里工作的同学来德州市人民医院进修，住处得自己解决。张秀兰就毫不犹豫地把她们安排在自己家里住。按常理，一般人是很难这样做的，但张秀兰认为这很正常，也很正确。她的同学住下后，她们每天有聊不完的话，当然主要是聊她们业内的事。张秀兰只忙着陪同学，丈夫却成了后勤伙计。她的同学一住就是好几个月。一开始，丈夫很不适应，浑身不舒服。本来应该是属于两个人的世界，现在增加了一个外人，非常不方便。怎么办呢？如果他提出反对，就是否定了张秀兰，因为张秀兰就是这样的人，她就是亏自己、利大家的无私无畏的人。当初，丈夫最欣赏她的也是这一点，只是当时没有亲身感受到这种优点的"痛处"。但现实就是这样，他必须接受。

家里常常是这种状况：天已经很晚了，下晚班的张秀兰带人回来了，有时候还是好几个人，要么是进修人员，要么是她的学生。一进门，她就对丈夫喊："快点做饭，我们刚做完手术，食堂没饭了，她们都还没吃饭。"张秀兰就是这样，总是一心一意地为他人着想，又周到又体贴，为此常忽略了丈夫的感受。丈夫有时候说她："霸道，总是有理。"更有甚者，中午来的好几个人还没走，她就把晚上来的人又定下了。

为此，两个人吵过闹过，但谁也说服不了谁。倒是丈夫一次又一次无奈地妥协，渐渐地也变得习惯了。张秀兰仍然做着她认为是对的事，还是时常领着人来家里吃饭。这些人差不多都是进修人员、她的学生或单身的同事，都是过了饭点没吃上饭的人。

20 世纪 80 年代初，德州市人民医院来了一批西藏的实习生，十几个人，都是刚毕业，都让张秀兰带着，那就更热闹了。张秀兰性格豪爽，这批学生性格活泼粗犷，他们碰在一起就是狂欢。每到春节，他们因离家远，不能回家过年，只能待在医院里。张秀兰多年来都无法与丈夫和孩子一起过春节，但她不会寂寞，也不会不快乐。她有她的学生，她有她的单身同事，还有春节期间值班的进修人员。除夕夜，除了值班的人员，张秀兰把其他人都邀请到自己家里一起包饺子，一起喝酒，一起唱歌。大家玩得开心、玩得愉快，就是张秀兰最开心、最愉快的事，也是她认为的她应该做的事。每年春节期间，张秀兰的家成了跳舞送真情、唱歌表真心、不是一家人胜似一家亲的欢乐处。她希望用她的真诚和善良给远离家人的他们一个暂时的快乐的家。

六　培养学生的家

张秀兰的家里，一直没断过在德州上学借住的学生，有时候两三个同时住在家里。张秀兰不但分担着他们的生活费用和学习费用，还要关心他们的学习情况，承担着培养他们成人的责任。

张静：张秀兰的大侄女。她是第一个被接到张秀兰家里读书的。她9岁就来到了张秀兰家，被安排到德州东方红一小读三年级。9岁的孩子，好多事情还不能自己料理。张秀兰上班忙，想管也管不过来，只能靠丈夫照顾她的衣食住行和学习。张静在家里一待就是七八年，初中毕业后考入了聊城建设学校。由于她的录取通知书接到得很晚，几天后就要去学校报到，因此许多手续需要在这几天内办完，这可忙坏了张秀兰夫妇。张秀兰在家里盯着侄女准备资料，丈夫一天一趟聊城，连跑了三趟才把事情办妥。

马德海：马德忠的弟弟，学习很刻苦，成绩不错，初中毕业后考中专只差几分。弟弟的出路只有考学，对此张秀兰和丈夫都非常明白。在家里他们是长子长媳，丈夫没有了父亲，照顾弟弟就是他们的责任。弟弟自己有压力，当哥、嫂的压力比他更大。怎么办？张秀兰与丈夫商量，尽管家里已经有儿子和大侄女在上学，经济条件不怎么好，但还是应该让弟弟到德州来上高中。张秀兰想方设法把弟弟安排在了德州一中。弟弟也算争气，在哥、嫂刚刚盖好的小厨房里，以床为桌，埋头苦读，每天都是学校和小厨房两点一线。酷夏，没有空调，没有风扇，他关紧屋门，光着膀子伏“床”苦读，脊背被蚊子叮满了包都没有知觉；寒冬，没有暖气，没有炉子，他冻坏了手脚也不在乎。功夫不负有心人，弟弟的学习成绩突飞猛进。高三时，考纲以内的数学难题，他都能迎刃而解。但是，他考试的心理素质不行，高考前好几天都睡不着觉。高考的头一天晚上，张秀兰让他服了两片安眠药，结果他一觉不起，最后基本是被架到考场上的，考试成绩可想而知。无奈，他只好复读。第二年高考时，全家接受教训，放平心态，结果他的考试成绩比前一年高出 150 多分，创造了德州一中历史上复读生较前一年分数提升的最高纪录，总成绩 504 分。为减轻哥、嫂的负担，弟弟报考了中国人民解放军军械技术学院，被顺利录取。丈夫家考出了第二个大学生。

车玉芳：张秀兰的大外甥女，是比她年长 4 岁的大表姐张俊兰的大女儿。大姐的父亲是烈士，她从 4 岁起就被姑姑（张秀兰的母亲）抚养。到了婚嫁年龄，她远嫁胶东平度。虽然是表姐，但张秀兰和她比亲姐妹还亲。大姐从小就主动干活，让妹妹张秀兰上学。这时大姐远在胶东农村，张秀兰帮助大姐一家义不容辞。车玉芳的学习成绩也很不错，高中时在班里是前几名。但是她心理素质较差，高考时总是考不出真实水平来。张秀兰毫不犹豫地把外甥女接到德州来，让她住进了马德海走后刚刚腾出来的小厨房里。复读时，车玉芳异常刻苦，心中只有学习。她有时也想帮着姨和姨夫做做家务，但是张秀兰不让她做，说：“你现在是学生，你的任务就是学习，别的你什么也甭管。”她就一门心思扑在学习上。高考冲刺阶段，她学习压力很大，体重一天天下降，身体每况愈下。为了最后的那一搏，每天一大早她就离开家，晚上 10:30 才回家，有时候到 11 点。女孩子走夜路比男孩子更让家人多一份担心。每天晚上，不管多么晚，姨夫都等她，直到听到院子的铁门响了，知道她回来了才睡觉，有时太晚了见她还没回来就出去接。高考总算过去了，她还是心神不定，老怀疑自己，怕考不好，整天茶饭不思。张秀兰为了减轻她的思想压力，就让她回老家去帮姥姥干活。但是没待几天，她又回来了，还是坐立不安，也不说话，大人都十分担心。晚上，她自己出去的时候，姨夫就远远地跟在后面，直到她回到家，再把院门锁好。分数终于下来了，她正好考到了分数线，考取了山东省银行学校，一家人心里的石头终于落了地。

马立红：马德忠的侄女，祖传行医，自学妇产科。但是，光有水平，没有文凭，也很难在这个行业立足。张秀兰回老家时知道了这个情况，就开始想办法让马立红到德州卫生学校学习。3 年后，马立红拿到了毕业证，这使她先顺利地进入了单位的医务室工作，又名正言顺地干起了自己喜欢的专业工作，也为以后的出路打好了基础。

马立坤：马德忠的侄子，原在禹城一中读高中，学习成绩也很不错。高考前，马立坤所在的班级发生了一件丢东西的事情。因马立坤学习刻苦，每次晚自习都是他走得最晚，所以失主怀疑他。他觉得冤屈，在同学面前抬不起头来，最后说什么也不上学了，回到家只是哭泣。他的父母都 50 多岁了，满心指望儿子能考上大学，也像他在德州的叔、婶一样有出息。但是这件事一出，他们感觉天塌了下来，希望将要成为泡影。马上临近高考，怎么办？这时候父亲说领着儿子出去散散心，就到德州找到了张秀兰。张秀兰看到满面愁容的农村哥哥领着儿子大老远来找自己，觉得他把希望都寄托在了自己身上，也觉得侄子放弃高考十分可惜。当天，她就让丈夫领他们去了禹城一中，找到了在那里工作的同学吴吉顺，吴吉顺又找到校长解决了马立坤班里丢东西的事。但是，马立坤的心里怎么也转不过弯来，无论如何也不回学校了，高考也没有参加，失去了一切机会。没办法，张秀兰又想法把马立坤转到临邑一中。他在那里复读了一年，考上了德州师范专科学校。

张金武：马德忠的表弟，考上了德州农业学校，但在入学体检时，查出轻度色盲，眼睛过不了关，不能入学。他找到了张秀兰。第二天，张秀兰领着他到德州市人民医院眼科找到了专家，检查后诊断眼睛没有问题，认为轻度色盲是当时太过紧张造成的。张秀兰又亲自陪他到学校复检，结果与医院查的一样，没问题，他这才入了学。这对农村考出来的学生而言，几乎是改变了一生命运的事。张金武毕业后，工作干得很出色。

段凤英：张秀兰的表侄女，初中毕业后考到了聊城建设学校。张秀兰让丈夫亲自领着她到学校跑了好几趟，才办好入学事项。她毕业后，张秀兰又费尽周折帮她联系工作。

徐丽萍：张秀兰的表外甥女，没有文凭，一时找不到工作，只好干临时工。但张秀兰觉得这不是长久之计，就让她去德州卫生学校业余学习。徐丽萍毕业后，进了德州市德城区妇幼保健站，后来成为妇产科主任。

刘桂荣：马德忠的外甥女。虽然她已有了工作，但张秀兰从长远考虑，安排她到德州卫生学校与徐丽萍同时业余学习。刘桂荣的单位破产后，她被德州开发区一家机关医院聘用，后来也成为一名妇产科主任。

马娟：马德忠的侄女，德州卫生学校还未毕业，父亲就去世了。她交不上学费，无法继续读书。张秀兰在自家经济条件非常困难的情况下，替她补交了全部学费，使她顺利拿到了毕业证，还把她安排在德州市妇幼保健院干临时工。后来，马娟随张秀兰去了深圳。

马龙：马娟的弟弟。他的父亲去世后，张秀兰把他接到德州，送进德州中山电脑学校上学，并承担了全部费用。马龙毕业后，被苏州一家企业聘用。

张秀兰一直忙忙碌碌，忙碌着工作，忙碌着她认为应该做的事、有责任做的事，也是不得不做的事。行善之事，能多做一点，就多做一点。她常说："不管是谁，能拽他一把就拽一把。你拽他一把，他可能就改变了命运；你如果不管他，他可能永远生活在社会的最底层，没有机会了。"

七　旅馆式的家

张秀兰刚结婚时，表哥和两位同乡去天津，回来时路过德州，来到张秀兰家里。可能是因为太疲劳，又一宿没睡觉，他们一进门就在张秀兰新房里的新床铺上和衣而睡、鼾声大作。农村的老百姓，不管是亲戚还是外人，心地都是善良的。但是，他们毕竟一身旅途的尘土，和衣睡在别人的新床铺上，难免会招人厌烦……但是，张秀兰还是热情地招待他们。屋子太小，人在里面转悠不开，她就把小桌和凳子搬到院子里，把大盆和锅也端到院子里。农村老家经常来人，每次只要人多，就在院子里吃饭。大家一看这种情况也不好意思再住下，都是办完了事就走。搬了家以后，尽管两房改造成了四房，但家里还是天天住得满满的。

老家来找张秀兰看病或办事的人中，有一些她根本不认识。她忙着的时候，就把钥匙给来人一扔，说“家去吧”，一点防范心理也没有。有些比较熟悉的人在家里能自觉地帮忙做做饭和家务，不熟的人就等着她伺候。她的家门，对老家人始终是敞开的。张秀兰和丈夫都来自农村，后来他们在市里和老家的知名度越来越高，来找丈夫办事的人也络绎不绝，买拖拉机的、修机器的、换零件的等各种各样的人都有，他们总是尽最大努力去帮助他们。

20 世纪 90 年代初，张秀兰搬进了楼房，房子面积不大，两室一厅。家里的各种条件虽然比以前好了，但对张秀兰的家庭情况却不适用，因为楼房不能私自改造，住人就有限了。这时，原来在这里上学的孩子们都毕业回来了，当时国家已不再统一分配工作，需要自己找单位。没有找到工作的、找到工作没有安排住处的，都住在张秀兰的家里等着。她家里经常是三四个人同时住着。他们在家里晃过来晃过去，都不知道帮忙干家务。几个孩子年龄差不多，都十分好强，谁也不服谁，谁也不让谁，相互之间难免产生矛盾。家里长时间都是这种状态，严重影响到了张秀兰家庭的正常生活秩序，更重要的是影响到了儿子的学习。这时候，幸好马德忠的三弟马德海刚刚分到一套房子，还未进去住，张秀兰就做了他的工作，让孩子们暂时住进了他的房子里，才缓解了家里的混乱局面。

在 20 多年的时间里，张秀兰的家里基本上没断过借住的人。只要有空地方，就有人住。人多的时候，有些客人就在沙发上坐着睡，有时还需要打地铺。张秀兰的家就像一家免费旅馆，为家乡的亲朋好友排忧解难。她和丈夫无怨无悔，只希望他们能生活得更好一些。

八　病人的家

不知是因为张秀兰的家在医院院内，实在是太方便，还是因为张秀兰的热情善良太有“吸引力”，有时候她的家就是病房，她的床就是病床。

老家来的人经常住在她的家里，睡在她的床上，得的是哪一科的病，她就把哪一科的大夫请到家里来为其诊治，然后她再在家里看着病人打针、吃药。老家的秀路嫂子，来到张秀兰家，就住在家里。张秀兰请大夫来给她诊断，在家里给她输液，直到她治好病为止。张秀兰的表妹，其实没有什么大不了的毛病，但老是怀疑自己有病，在张秀兰家住了几天，也没查出什么病来，输了几天液，拿了点药就回家了。可是，回到家她就犯病，来回折腾了好几年。张秀兰的舅母有病，理所当然地到张秀兰家里住，打针、吃药都由张秀兰看着，也没查出什么器质性病变，只是老人年龄大、身体偏弱而已。但她住在张秀兰家里，找德州市人民医院这样的大医院里的大夫治疗一段时间，自己就觉得好多了。

婆婆在老家不慎小腿骨折，张秀兰找车将老人接到家中，先在医院挂号拍片，找权威大夫会诊，确定治疗方案，然后找专人到家敷石膏固定。打针、服药都是张秀兰亲自照看着。在这期间，张秀兰还精心为婆婆调理身体，增加营养。她知道老人爱吃鸡蛋，家里就常备鸡蛋。老家的亲戚经常来看望婆婆，所以她不光要伺候病人，还要招待亲戚。老人在很长一段时间里身边不能离人，丈夫只好申请多年一直未休过的探亲假，前后40多天的时间一直在家伺候母亲。母亲生活不能自理，大小便时需要人把她从床上抱到院子里的便椅上。夫妻二人不管工作有多忙，都把伺候老人当作头等大事。

1993年年初，张秀兰还住在平房里，父亲患了淋巴癌。张秀兰本身是从医的，能够接受这一现实，也能够正确对待。很快，父亲就做了第一次手术。手术后在家里输液治疗，一是方便，二是可减少费用。老人家近80岁，身子骨非常硬朗，一辈子没住过院，头疼感冒的小病都是硬扛过去，就是得了这种病，发病时高烧不退、浑身一阵一阵地打寒战也不在乎。手术后在家里经过一段时间的治疗，身体就恢复得很好了，他也有说有笑。老人家是性情中人，在村里也算是有头有脸的人物。村里的领导解决不了的事，他出面就能解决。他性格开朗豪爽，办事敞亮大方，高兴的时候小孩也可以逗他玩，不高兴的时候谁也不敢接近他。他身体恢复后，还能帮家里做做事，逗逗小外孙或者自己出去溜达溜达。天气慢慢转暖了，他也感觉自己的身体彻底没事了，还惦记着家里的农活，说什么也要回去。张秀兰拗不过他，只好送他回去了。

老人家回到家后，刚开始一段时间还可以，身体没有出现什么异常。但没过几个月，肿瘤又开始长了，且开始转移，他只好来到德州进行了第二次手术。手术后，他回到张秀兰的家里，继续输液、放疗、化疗。这次老人家一病不起，天天躺在床上，身体每况愈下，自己忍受着苦不堪言的疼痛，家人也经受着感情和心灵上的折磨。老人家的病情一天天加重，所有的家人都轮流值班。丈夫的外甥女刘桂荣的单位距离张秀兰家有好几里路，她下了班就赶紧往这里跑。到家后，她把病重的姥爷抱到外屋的沙发上，让他坐一坐、晒晒太阳。刘桂荣是弱小的女孩子，每次抱不动就背，连背带拖，无论如何也要把姥爷挪到沙发上。姥爷和姥姥见人就夸她。

家人们都有工作，所以老人家在病重期间都是由张秀兰的母亲照顾。老人家在老家威信很高，人缘不错，所以来探望的人很多，平均每天五六个，多的时候十几个，屋里坐不下，就在院子里站着。丈夫工作也很忙，下了班就赶紧往家跑，能帮一把就帮一把。可是，他回到家经常看到屋子里人满满的，院子里也站满了人，只好再掉头回去，在外面吃完饭再去单位休息。这种状况一连持续了大半年，直到老人家撒手西去。

有一次，张秀兰的表弟许元奎从东北来看望老人家，看到这种情况，在院子里与姐夫唠嗑：

“姐夫!”他一边说一边竖起了大拇指。

“怎么?”姐夫不解。

“你真行！你真是好样的！我真是服了你了!”他情绪激动地说。

“怎么?”姐夫又问。

“天天都是这种状况，要是我，早受不了了。”他说。

“喀喀……”

“这哪像家啊？这是过日子吗?”

“哎，你还别说，谁遇到这种情况也没办法。你说我能怎么办啊?”

“也是，那你就别回来了。”

“我也得回来瞧瞧啊!”

“也是……”

20世纪90年代末，张秀兰第三次搬家，住房越来越宽敞。这时，丈夫的二弟得了肺癌。这个消息令张秀兰夫妻二人猝不及防，尤其是丈夫难以接受。二弟才40岁出头，是老家的顶梁柱，还有两个孩子未成年。老家的日子刚刚有所好转，这事一出，又是当头一棒。张秀兰的家再次成了病房。二弟在张秀兰家里住了几个月，开春时病情有所好转，就回到了老家。在老家，二弟的病情时好时坏。坚持了不到半年，二弟还是去世了，留下了两个孩子，担子又压在了张秀兰夫妻二人的肩上。

父亲去世以后，张秀兰就把母亲接到了德州。之后每年的冬天，母亲都是在张秀兰家度过。老太太80多岁了，患有支气管炎，越是冬天越厉害，稍微有点儿感冒就咳嗽不止，还经常感冒发烧，厉害了就去住几天院或在家里输输液，几乎天天在吃药。这期间，老太太还做过两次鼻腔息肉切除手术。老太太自己愿意住在张秀兰家里，哪里也不去，直到病逝。

这些年来，张秀兰的家就是病房，只要有需要，只要能住下，谁都可以在这里住。病人住在这里，在很大程度上节省了费用，节约了时间，也减少了住院的麻烦。当然，病人这种“住院”的成本就是张秀兰夫妻二人付出了无数的辛苦和操劳，牺牲了家庭的欢乐和舒适。

张秀兰常说：“人生有太多的无奈，这可能就是我们的无奈。要不怎么办呢？眼看着不管？我看不过去，我没法不管，我没有理由不管。所以，只能是辛劳我一个，方便你我他；麻烦我一家，照顾给大家。我没有别的选择。”

这就是张秀兰。她的人品、职业、医德和责任感加在一起，构成了一个大写的她。

九　令人欣慰的家

2003 年，张秀兰去深圳打拼。2007 年，儿子结婚，张秀兰在深圳有了新家，全家移居深圳，其乐融融。2012 年，她又买了一套房子，10 月份老两口就住进了新房，享受着晚年的幸福时光。

多少年来，两个人都忙于工作，忙于家庭，忙于所有家人的具体事务，根本没有时间能坐下来聊聊天、看看电视。丈夫在 2010 年春节住院时说："我愿意多在医院里住些日子。"家人都奇怪，说："你都好了，还在这里住什么?"丈夫回答说："这样张秀兰能在我身边多陪陪我。"大家听了都乐了。尽管是笑话，但从年轻时开始，真正属于他们两个人的空间和时间真是不多。他们把属于自己的时间和空间都贡献给了家人和其他需要的人。当他们终于有时间坐下来的时候，才知道生活中不只有忙碌，还有斑斓的色彩和情韵。

这一年，张秀兰得了肩周炎，虽无大碍，但也疼痛不适。每天晚上，只要一坐下来看电视，她就依偎在丈夫身边，有时候就干脆躺在他怀里，丈夫也会体贴地给她按摩。习惯成了自然。在新家里，在他们真正的二人世界里，丈夫心甘情愿、尽心尽力地呵护着张秀兰，什么也不让她干，只让她享受被爱的幸福和被牵挂的感觉。相互疼爱和呵护，多少年来他们就应该这样，但是他们没有时间这样。他们把这种幸福全部让给了别人，似乎别人的幸福就是他们的幸福。

人生中，不食人间烟火，就不知生活的酸甜苦辣；不经沧桑岁月，就不知家庭的温暖与幸福。在艰难的岁月中，张秀兰尝尽了生活的酸甜苦辣，亲手种下了桃李松杨，如今已是桃李结硕果、松杨顶天地了。

张秀兰全家福

当初，张秀兰只身闯天下，成就事业、成功为人。如今，她看到的是一个个后辈成家立业、成人成才，听到的是欢声笑语、亲切问候。张秀兰已成了家人们心中的太阳。没有她，他们就会觉得心中不安；没有她，他们就没有主心骨；没有她，他们就觉得没有希望。

2012 年 12 月 3 日，弟媳杜占红在发给张秀兰的信息中这样说："大嫂，一定要保重身体，你和大哥对于我们最重要。"

下面这篇文章是弟媳杜占红对嫂子吐露的心声，也是所有家人的心声：

厚德载物

——嫂子颂

我和丈夫刚刚认识的时候，每次见面，丈夫都会有意无意地讲起他的嫂子，而且每次都非常兴奋，内心深处充满了自豪和骄傲。他是这样叙述和评价他的嫂子的：

嫂子大我 18 岁，因父亲早逝，母亲常年有病，嫂子在我的心中早已成了母亲的形象，所有母亲应尽的责任和义务都是由嫂子代劳的。嫂子虽然话语不多，但对每一件事情的想法和做法都体现出她的缜密周全和远见卓识。在嫂子的全程关怀、教育和抚养下，我一步一步地由一个寒酸、不懂事的农村孩子成为全国重点军校的大学生，改变了命运。

嫂子是个敦厚善良、大爱无私的人。因家庭不太富裕，高考前的最后一个月，我仍然省吃俭用。可嫂子为了让我有充沛的精力去应对高考，就给我钱让我自己去吃早点。要知道，那时她一个月的工资也就几十元钱，早晨吃油条、喝豆浆是非常奢侈的。我每天早晨吃两到三根油条、喝一碗豆浆的钱，几乎是嫂子一家人两天的生活费。我知道这是她对我的关爱和殷切的期望。我只有更加刻苦努力地学习才能不辜负她对我的期望。嫂子是我一生中的贵人，她成就了我今天理想的工作和美满的生活。

嫂子是个朴实无华的人。我是从进入德州一中上学开始和嫂子生活在一起的。那时哥、嫂的工资不高，区区几十元的工资既要接济双方家里的老人，又要供养我上学，还要抚养我刚会走路的小侄子，再加上当时嫂子的娘家侄女也寄住在嫂子家，生活的艰辛可想而知。可嫂子通过省吃俭用、勤俭持家把需要顾全的方面和需要关照的事情都打理得井井有条。在我上高中的几年里，我没有看到嫂子穿过一件新衣服。嫂子穿着格子上衣和灰色粗布裤子走在上班路上的形象永远定格在我的脑海里。

嫂子是个爱学习的人。在我上高中的3年里，我常常看到嫂子抱着一本书一坐就是几个小时。夏天家里没有空调，屋里既闷又热，还有蚊虫叮咬，为了不耽误看书，她就在身旁点支蚊香或是坐在蚊帐里看。冬天家里没有暖气，一个小煤球炉子在严寒的冬日根本挡不住寒冷的侵袭，嫂子就在身上裹上好几层棉衣或是坐在床上裹上被子看书。嫂子不但自己爱学习，也喜欢爱学习的人。亲戚们只要是因为上学寄住在嫂子家，不管家里生活条件和居住条件有多么困难，嫂子都毫无怨言，且不辞劳苦、尽自己的最大财力和精力去供养，前前后后包括我在内从嫂子家出去的本科生、大专生和中专生有十几个。她的身体力行，活到老、学到老的作风影响着我们每一个人。

嫂子是个品德高尚的人。嫂子是一名大夫，正是她孜孜不倦的学习精神和在医学上精益求精的态度，成就了她高超的医术。现在她已是国内知名的妇产科专家。在今天医患关系紧张、医德滑坡的现实社会中，嫂子毅然坚守着一个医务工作者的职业操守，她的职业道德有目共睹、人人称道。她全身心地投入自己的医疗工作中，兢兢业业、废寝忘食，对自己接诊的病人，不管身份高低贵贱、与自己亲疏远近都一样对待，负责到底，从来没有收受过病人的红包，好多经她看过的病人都成了她的朋友。由于她医德高尚、医术高超，慕名找她看病的人很多。但不管有多少病人，不管时间有多晚，嫂子都是语调温和、耐心细致地对待。直到所有的病人都满意地离开了，她才拖着疲惫的身躯回家。

后来，我和丈夫结婚了，和嫂子成了一家人。通过近距离地接触嫂子，我才真正感受到嫂子那与众不同的一面和她那平凡中的伟大，也进一步认同了丈夫对嫂子的这番由衷的心声。嫂子就是我们这个大家庭中的旗帜和荣耀。

俗话说“老嫂比母”，在我们这个大家庭里体现得尤其淋漓尽致。嫂子长我20岁，因公公婆婆早逝，所以哥、嫂义不容辞地担负起了抚养教育六七个弟弟和妹妹的义务。在弟弟和妹妹的心中，哥、嫂几乎代替了父母的位置。他们是一艘大船，载着我们驶向大海，最终到达成功的彼岸。有人说，人生的目的是以所有的形式去表现爱，而嫂子则是以她特有的方式去传递爱！在我们家有个不成文的规矩，凡是大事都和嫂子商量，征求她的意见。嫂子如果说“行”，我们心里就有底了。你别说，迄今为止她确定的事还都是对的，这就更证明了嫂子是我们家“一锤定音”的那个人。

嫂子对患者有强烈的责任心。无论酷暑严寒，还是白天黑夜，只要病人需要，她就会迅速来到患者身边。嫂子从来没有华丽的话语，但她实干、敢于担当！行动就是她的座右铭！用心做事就是她的工作态度！记得我在德州市人民医院外科实习时（那时我还不认识嫂子），有一次冬天凌晨一点多钟，有一位术后尿潴留的患者，不愿导尿，非常痛苦。怎么办？外科值班医生说：“老办法还是请妇产科张秀兰主任帮忙吧！”不一会儿工夫，我就看见她鼻尖冻得通红、搓着双手来到患者床前，熟练地为其针灸着穴位，轻轻地按摩着患者的下腹部，还不时地和患者交流，很快病人就可以自己小便了。望着她疲惫的身影，大家都投去了敬佩的目光。嫂子以专业获得了肯定，以品质赢得了尊重。

在医院里，嫂子恪尽职守、忘我工作的敬业精神赢得了患者及其家属的好口碑。她淡泊名利、乐观豁达和积极向上的人生态度影响了几代人。她心中永远是事业至上，身上闪耀着卫生行业

"医者仁心、重德敬业"的光芒。她有着真诚助人的高尚品质，是我们医务工作者学习的好榜样。她作为一名妇产科教授，心中始终有一个梦想：用她沧桑的双手推开所有阻碍家庭幸福、快乐、祥和的病魔。她是这么想的，也是这么做的。她做到了。她是我们家人的榜样和骄傲。

现在嫂子已是近 70 岁的老人了，但她还不辞劳苦地奔波在医疗战线上，全身心地投入自己的医疗事业中，就像一位不知疲倦的白衣天使，给那些需要她的人带去希望和温暖。

张秀兰夫妇帮衬过的孩子们都很懂得感恩，这让两个人十分欣慰。当然，张秀兰对家的感受和依赖更多来自丈夫。每每说起丈夫这些年来对家的奉献，张秀兰都感到十分满足。

有一天晚上，他们坐在沙发上看电视，张秀兰对丈夫念叨："你看，今天又有朋友来找我，非要请我吃饭，还陪我聊天。他们是放心不下我，还有好多粉丝也一直记挂着我。他们有问题要咨询我，我也不能不识抬举吧。人家还非要给咨询费，不要都不行，不就是给人家帮帮忙嘛！"此时，丈夫心情很复杂。"咳，以前都说男人是耙子，女人是匣子，在我们这儿倒过来了。"丈夫像是回答张秀兰又像是自言自语。张秀兰这些年来也理解，男人都爱面子，就又说："咳，不管谁是耙子，谁是匣子，反正都在这个家里。"丈夫微微点头："倒也是。"以前是以前，现在是现在。铁的事实是，家庭离不开经济基础，不管男人还是女人，单手擎天都是难以支撑的，只有二人合力，才能持久地撑起一个幸福家庭的天。一个成功女人的背后一定会有一位默默无闻、甘愿奉献与付出的男人；反之，一个成功男人的背后也一定会有一位温柔体贴的女人为他铺垫着。

一个家庭，是二人的世界，也是二人一切利益的堡垒。一个家庭的经营，犹如一个正常人的行走，必须是两条腿和谐地配合才能走下去。

在一次晚间的谈论中，张秀兰对丈夫说："多年来的事实证明，我找你是对的，两个人要互补，都强不能过，都弱也不好过。我的成功如果没有你是不可能的，你是我事业成功的坚强后盾和一路相伴走过来的支持者。如果不是碰到你，而是碰到一个比我还强或是不支持、不配合的，就是要阻挠我的一切行动，硬是不让我出门，那怎么办啊?"丈夫给她按摩着肩，说："如果真的是那样，你怎么办呢?""是啊，如果是那样……也不能轻易就因这些事而离婚吧……但是，以我的性格，实在不行就得离婚。"张秀兰这样回答。她又说："其实，一开始你不是比我还强吗，提领导比我早，挣钱比我多。""咳，啥也别说了，人就是命，我们这个家幸亏有你，在外被认可，这是我很欣慰的。老理常在，在人生的道路上，你给别人的再多也不如自己留的多。助人为乐，是乐在自己。"丈夫的话算不上甜蜜，却饱含二人共同认可的大义。

每个人，每个家庭，都不可能是十全十美的。人生就像一次旅行，家庭就像航船。我们扬帆在人生的旅途中，不但要享受整个过程中的美景，更要拥有到达彼岸的美好。张秀兰年轻时也很憧憬自己的家，但是在追求梦想的过程中，却不知道自己的家到底是个什么样子，只是忙忙碌碌，风风雨雨，不见安逸，只有辛苦。还好，忙碌与风雨过后，她发现头上有美丽的彩虹。自己的家真好！

对这个家，丈夫是这样评价的：我们这个家从一开始的异常艰难到现在的渐行渐好，离不开张秀兰，离不开她的勤奋好学、质朴肯干和不认输的个性以及勤俭持家的价值观念。

张秀兰的心里永远没有困难和黑暗，她就像冬天里的一把火，炽烤着自己，也温暖了周围所有的人。她的心灵、她的魅力、她的风采，像一股莫大的磁力吸引着人们向往她、离不开她、放不下她。人们感动于她一心为别人，从未想过自己；敬佩她近乎完美的品行。家，是她亲手创造的精彩生活世界。在这里，她的光和热使家人们的生活美好幸福。丈夫也曾感言心唱：

你的心是我永远的舞台，
我的梦因你而精彩，
没有你我只有空白。
无言的付出，不悔的心跳，
所有的真情，无限的情怀，
都为对这个家的爱！

丈夫还赋词一首：

满庭芳·张秀兰之家

杏林岁挽，茂丛有仙，这里早有医苑。风雨博彩，沧桑度人间。庭径悠，步自趣，望窗外，憧憬万千。春风里，微风拂面，医家献春暖。

人缘，交汇处，病来疗往，繁华家园。一生无他求，只在我范。等闲时偶有乐，陪家人，也看《甄嬛》。疲惫时，疏烟淡日，才知我家还。

孩子们也有他们的心声：

年轻时，不想成为您，
因为您太辛苦；
成熟后，也想成为您，
看到您很伟大；
现在，正在学习您，
一步一个脚印；
可最终，真正成为您，
这要付出多大代价？

第五章

夕阳红似火

XI YANG HONG SI HUO

一　大夫，求您给我一个孩子

2012 年 10 月 15 日晚，深圳某小区的一个普通的居室里，欢声笑语，热闹非凡。在这里，张秀兰刚刚从山东老家请来的最尊贵的客人——她的老师和朋友，正高兴地谈论着他们 50 多年来的友谊和世事变迁。

张秀兰移居深圳已有七八年了。这一年，她刚换了稍大一点的房子，特意让丈夫回山东老家，邀请她高中时期的班主任、恩师、原德州一中校长付国杰及其夫人杨秀歧老师，还有同学朱洪双及于凤荣、杨晓兵夫妇。他们于 10 月 14 日下午同时到达张秀兰的新居。

第一天，大家去仙湖植物园和大梅沙游玩。仙湖植物园是深圳最大的园林式公园，也是附近最好玩的地方。老师和同学们 50 多年后难得聚在一起，实在是太开心了。他们亲眼看到了当年邓小平和杨尚昆亲手种下的高山榕。

第二天，他们去了世界之窗。世界之窗也是深圳的一大热门旅游景点。这里有世界各地的景点缩影，来到这里，就好像游遍了全世界。下午，他们又去了红树林。站在红树林边，隔海望去，对面就是香港，清晰可见的高楼大厦仿佛就在眼前。

张秀兰夫妇与付国杰夫妇等在深圳

正在大家玩得尽兴的时候，张秀兰接到了深圳武警医院生殖中心李主任的电话。李主任在电话里说：“张教授，你赶紧回来一趟吧。一对特殊的不育夫妇一定要找到你，非见你不可。一会儿我让司机去接你。”不一会儿，司机王金钊来到红树林把张秀兰接走了。

张秀兰回到生殖中心后，换好衣服就直奔诊室。她看到诊室里站满了人，李主任也在，中间有一对中年夫妇跪在地上。张秀兰进去后，这对夫妇才抬起头，看着她说：“您就是张秀兰教授？”张秀兰点了点头。这对夫妇竟一起抓住她的手泣不成声。张秀兰见状赶紧上前，想把他们拉起来，可他们就是不起来。这时李主任急忙说：“好了，张教授回来了，大家都回去各忙各的吧。”随后，他也退出了张秀兰的诊室。

这时，那对夫妇还抓着张秀兰的手啼哭着。张秀兰蹲下身来对他们说：“你们先起来，有什么问题咱们坐下说，我会尽我所能来帮助你们，咱们共同去解决困难。”这对夫妇被张秀兰拉着踉踉跄跄地站了起来。等他们坐下后，张秀兰与他们唠起家常来。妻子首先开口：“张教授啊，我没有什么诉求，就是想生个孩子，当一个真正的妈妈。我是女人，我要当母亲啊！”

张秀兰明白了这对夫妇来找她的目的。她推心置腹地给夫妇二人讲：“我非常理解你们现在的这种心情，有个宝宝是所有不孕不育女性的期盼，也是每一个被不孕不育困扰的家庭的期盼，帮你们完成心愿是我们这些医生的责任和义务，我们会尽力的。但是，我们也要讲究科学，感情是代替不了科学的。在这个快速发展的社会中，环境污染、食品污染以及年轻人生活习惯的改变，必然会导致一些女性有可能终生不能生育，失去当母亲的荣耀。就你现在的情况来看，你这个年龄、这种思想压力和精神状况，已经到了自己不能生育的边缘了。但是，我会尽最大努力，争取让你自己试一试，不留下遗憾。”

听到这里，夫妇俩被张秀兰的诚恳所打动，脸上露出了笑容。妻子说：“我去了好多地方，医生都是这么说，难道就没有别的办法了吗？我听说，如果实在不行，还可以供卵啊？”

“供卵，主要牵扯到国家政策问题，现在国家还没有开放卵子库。”张秀兰接着说，“如果你符合条件，可以到国家计生部门开具证明，证明你确实丧失了生育能力，然后到国家允许的医院去登记排号，遇到已完成了自己理想的生育意愿后愿意捐卵的女士，你或许能得到供卵。可是，目前在我国，你这种情况的人很多，而自愿捐卵的女士又寥寥无几，所以希望太小了。就算你得到了供卵，就你目前的身体状况来看，想靠自己生育也几乎不可能。目前我国明令禁止代孕，所以你的情况并不乐观。”

说到这里，张秀兰停顿了一下，揣测坐在面前的这对夫妇的心理。她看到两个人的脸上都露出了无比痛苦的愁容，但情绪却比刚才好多了。这时，张秀兰拉着那位妻子的手，用既客观又带鼓励的语气继续说："当然，也有过40多岁完全靠自己生育的例子，所以你先不要气馁，要树立信心，才能有希望，这需要我们共同努力。"听到这里，夫妇俩抬起头来，眼中露出了一丝亮光。

那位妻子又对张秀兰倾诉起来："张教授，您不知道，没有经历过的人不知道我们心中的痛苦。我去过那么多大医院，都对我下了不能生育的结论，跟您说的一样，但是都没有您说的可我的心，我愿意听您说。我曾有很多次想死了算了。不能生孩子，我就枉为一个女人，还活着干吗啊！"说着说着，那位妻子又哭起来。张秀兰赶紧上前挨着她坐下，轻轻地拍着她的脊背安抚道："你不能这样想，天底下不能生育的女人太多了，我遇到的比你知道的多得多。这不一定就是自身的原因，与诸多因素有关。所以，你不要太过自责。否则，势必会造成心理压力过大、思想包袱沉重，最后希望也会被自己葬送掉。所以，你要先从自身做起，不要有心理压力，也不要把这个事情当成负担。你只有振作起来，才有希望。"

这时，那位妻子止住了哭声，拉住张秀兰的手说："您不知道啊，张教授，我是打听着您来的。大家都说您是'送子观音'，再大的难题到您这里也会有解决的办法。我们得知您的大名后，就下决心一定要找到您。今天终于见到了您，我感觉就像见到亲人一样，您就是我的救命恩人。张教授，您一定得帮我啊！"说着，她又跪在了张秀兰面前。

张秀兰回到家，见老师和同学们还沉浸在欢声笑语中。他们看到张秀兰满脸惆怅，忙问："怎么了？"张秀兰这才诉说了事情的经过。老师和同学们听了以后，都为她的工作感到光荣，没有人责怪她的不辞而别。

二　“送子观音”的无奈

被称为“送子观音”的张秀兰，面对各种各样的病人，有时候也是束手无策、回天无力。

周女士，46岁。几经周折，周女士找到了张秀兰。一进张秀兰的诊室，周女士和丈夫吴先生就一起跪在了她面前。张秀兰见状，赶紧起身，想扶起这对情况特殊的夫妇，但是他们怎么也不起来。张秀兰明白，他们目前的主要问题是“心病”。于是，她对周女士说：“你看，我现在在上班，还有这么多病人在等着我。你的‘病’，我找时间专门给你看。这样吧，你晚上到我家去。晚上的时间长，我可以给你看得更仔细一些。”周女士一听，感到很惊奇，抬起头来看着张秀兰，心想：这是真的吗？自己去过那么多大医院，还是第一次遇到这样看病的医生。回过神来后，她马上对张秀兰说：“好好好！”接过张秀兰递给她的写着家庭住址的字条后，周女士又趴在地上磕了个响头。

晚上，张秀兰在家中接待了这对夫妇。夫妇二人坐下后，周女士像见了亲人一样动情地向张秀兰倾诉起来。周女士自幼生长在穷山沟里，聪明伶俐、活泼可爱，又十分漂亮，很小的时候就能替父母分忧。邻居家有一个男孩，他们经常一起上山打柴，一起到很远的学校去上学，成了最要好的伙伴。初中毕业后，由于两个人的家境都不太好，学校离家也更远了，就都辍学了。男孩参军入了伍，成了一名从山沟里走出来的中国人民解放军战士。男孩临走前，两家的父母为他们订了婚。未婚夫离家的这一天，周女士把他送到了村外的路口。望着他渐渐远去的背影，她流下了幸福的热泪。从此，他们天各一方。那时打电话还没有现在这么方便，两个人只能靠书信联系。周女士把未婚夫的来信都一封封地仔细珍藏起来。

天有不测风云。周女士的未婚夫马上要复员了，却在执行一项任务时牺牲了。噩耗传来，周女士悲痛欲绝，天天以泪洗面。就这样过了三个月，她终于接受了未婚夫已牺牲的事实，只是每当看到他的遗像时就会泣不成声。但无论如何，周女士还是担负起了照顾两个家庭的责任。就这样，一晃 10 年过去了，周女士一直没有成家。看着两家的弟弟和妹妹都长大了，她决定离开家乡，离开这个给了她幸福又让她伤心欲绝的地方。

周女士只身来到了深圳，人生地不熟，一时不知所措。后来，她通过深圳市人才交流中心发布的信息，应聘到一家中外合资企业，在公关部当一名普通的职员。一晃又是 10 年过去了，由于工作勤奋，周女士当上了公关部经理。这 10 年中，不乏关心她的朋友、同事和领导给她牵线搭桥，劝她尽快找个对象，但她都一一谢绝了。

公司的人事部经理姓吴，已丧偶多年，比周女士大近 20 岁，马上就要退休了。他了解周女士的情况，也非常同情她。平时，吴经理十分关心周女士，也经常帮助她，有时还劝她说："周经理，我理解你，但你也不能总是一个人过吧？你老了怎么办？如果有个伴，老了也可以相互照顾啊！"周女士心里非常明白：这 10 年来，如果不是吴经理的关心、照顾和帮助，她也不会有今天的成就。虽然她一直难以忘掉自己的初恋，但吴经理的真诚终于感动了她，他们在一起了。

为了报答吴经理对她一直以来的关心与照顾，周女士希望有一个他们爱情的结晶。但很长时间过去了，她却怎么也怀不上孩子，于是就开始了四处求医的艰难历程。当各地的医生都下了她不能生育的结论后，周女士崩溃了，心想：噩梦怎么总是缠着我呢！她情绪低落，茶饭不思，夜不能寐，最后竟患上了严重的抑郁症，甚至几次想自杀。

最后，她找到了张秀兰。在门诊上，张秀兰一看就知道周女士的问题已不单单是不孕症了。如果处理不好，后果会很严重，所以她才让周女士来家里面诊。

周女士在张秀兰家里把自己的心事一股脑倒出来后，心理压力似乎小多了。她说："其实我主要是想感谢俺家老吴，想给他生个孩子，因为他对我太好了……"说着说着，周女士又哭了起来。

张秀兰明白了，周女士是为了报答丈夫才非要生孩子，并由此产生了严重的心理压力。于是她对周女士说："我相信，你家老吴对你是真好，否则你这脾气也不能嫁给他啊！他对你好是应该的、天经地义的。其实夫妻双方都应该对对方好，这就是爱。一个家庭没有了爱，还叫家庭吗？相互尊重、相互疼爱、相互照顾，这就是老来伴，谈不上报答。两口子谁报答谁啊！再说，也不能用命去报答啊！你说呢?"

周女士点点头笑了。她又说："我也是想要个自己的孩子，没有自己孩子的女人，太悲惨了。"周女士常年做公关工作，见识很广。她又给张秀兰讲了一些她耳闻目睹的没有孩子的名人的凄凉晚景，最后感叹道："张教授，您说做个女人、做个母亲怎么就这么难呢?"张秀兰拉着周女士的手说："小周啊，岁月无情，这就是现实，人生没有百分之百的完美。但是，我们还是要活下去，不能让这种不尽人意的不完美挡住人生的道路。一个人，只有活着这件事是大事，其他的都是小事。”听到这里，周女士似乎突然明白过来了，神情看起来轻松了许多。她依偎在张秀兰身边，脸上露出了灿烂的笑容。

后来，周女士与张秀兰成了好朋友，只要听说张秀兰在深圳，周女士就一定会前去拜访，逢年过节也一定要去见见张秀兰，并亲切地喊她“张阿姨”。最终，张秀兰也没有帮周女士实现生育孩子的愿望。但是，她敏锐地看出了周女士的问题并及时出手相助，不仅挽救了周女士的生命，也挽救了一个家庭。

张女士，44 岁。一天，深圳武警医院总院的院长领着张女士走进了张秀兰的诊室。张秀兰一看领导来了，赶紧起身说：“你这大忙人，怎么亲自来了，有事打个电话就行啊！”院长调侃着说：“不行，这个事我得亲自来见你，这是上级首长交给我的一项重要的‘政治任务’，‘命令’我一定要完成。我知道，你是生殖中心的元老，也是我们医院的功臣，是一等一的专家，水平也最高，只有亲自交给你我才放心。”说着，院长拉着张女士对张秀兰说：“这是一位特殊的病人，她的独生儿子是我们武警部队的一名战士，在去年执行任务时英勇牺牲了。领导们慰问她时，问她有什么要求，她给领导提出了自己的诉求，也就是我所接受的任务。我有事先走了，这事我就交给你了，具体情况让她自己给你说。”

张秀兰听了院长的话后，对这位伟大的母亲肃然起敬，赶紧让她坐下。张女士满脸憔悴，还未开口就先哭起来了，接着用颤抖的手从衣兜里掏出长相英俊的儿子的照片给大家看，嘴里还不停地念叨着：“我的儿子，他……”张秀兰见状，急忙上前安慰她。她觉得目前最重要的是要稳定张女士的情绪，就对她说：“你儿子是好样的，但是事情已经发生了，就让它过去吧。你如果沉浸在悲痛中，对你今后要做的事会更加不利。你要振作起来，重新开始才会有希望。”听到这里，张女士止住了哭声。

张女士出生在新疆，父母都是新疆生产建设兵团的。她的儿子出生后，由于受外公、外婆的熏陶与感染，也想长大后当一名威武的军人。后来，张女士的儿子果然成了一名武警战士。

儿子的牺牲，给张女士带来了致命的打击。她的父母精神也崩溃了，从此一病不起。于是，张女士逐级诉求，要求再生育一个儿子，这就是深圳武警医院总院的院长接受的“政治任务”。张女士拿着儿子的照片对张秀兰说，她还要生一个与照片上一样的儿子。张秀兰听后笑了，在场的人也都笑了。她对张女士说：“两个孩子完全一样，那是不可能的事，而且是男是女也不一定。凡事不能凭空想象，要讲究科学。现在最关键的问题是：你还能不能生育？咱们先看看再说，你最少要调理三个月，只要还有卵子就有希望，也请你相信我会尽力的。”张女士听了张秀兰的话，微微点了点头。

44 岁的张女士，其实已在能生育与不能生育的临界点上，但目前这个年龄还是很有希望的。

经过三个月的精心调理，张女士的健康状况大有好转。张秀兰成功地从张女士体内取到了三枚卵子，大家都如获至宝。这三枚卵子在张秀兰的亲自照料下，被培育成三个健康的胚胎。之后，张秀兰又亲手将三个胚胎全部移植到张女士的体内。令人高兴的是，经过检查，张女士成功怀上了双胞胎，最后生了两个儿子。

44 岁的女性，还能正常生育自己的孩子，这是上天对张女士的恩赐。她为国家牺牲了一个儿子，上天又送给她了两个。

李女士，48 岁，河南一位普通的农家妇女。李女士原本有一个独生女儿。女儿自幼天资聪颖，活泼可爱，夫妇二人都将其视为掌上明珠。夫妇二人想，不管日子有多难，都要把女儿培养成材。女儿很争气，考上了名牌大学，一家人都十分高兴。但谁也没有想到，在大三时，正值花季、年轻美丽的女儿却遭遇横祸。夫妇二人悲痛欲绝，甚至曾想过一起自尽。

在医院里，李女士跪在张秀兰面前说："张教授，我听说您是'送子观音'，您就帮帮我吧，要不我们全家都活不了了。"张秀兰清楚地知道，李女士已经48岁，这个年龄的女性几乎不可能再自己生育了。在这种时候，张秀兰唯一能做的就是好好地安慰她。她也很无奈，就算她是神仙，也没有办法让这个年龄的女性再自己生育了。

这就是李女士家庭中的不幸，也是她人生中的缺憾。在她的后半生，伴随她的将是无尽的痛苦。

杨女士，继发性不孕10年。女性不孕症分为两种情况：一是性成熟后从未怀过孕，这叫原发性不孕；二是继发性不孕，就是曾经怀孕过，而后超过一年未避孕却没有怀孕。现在年轻女性的不孕主要是继发性的，这和当今的社会环境有关系。继发性不孕大多不太好治疗，一般是由多种因素引起的。杨女士就是这种情况。她曾四处求医，去过很多大医院，医生也为她助孕过几次，但最后都失败了。她为此痛苦不堪，曾两次自杀，幸好都被丈夫发现，送到医院经过抢救才保住性命。

王女士，46岁。她曾有过一儿一女，两个孩子都考上了大学，其中一个后来又考上了硕士研究生。但谁也想不到，两个孩子在一次假期回家的路上遭遇了车祸，竟双双身亡。这飞来的横祸，给这个原本幸福的家庭带来了毁灭性的打击。原本的天伦之乐瞬间没有了，他们将如何面对后半生的生活……

于女士，49岁，曾有过一个儿子，却不幸意外身亡。孩子的爷爷奶奶经不起这种无情的打击，几个月内相继去世。于女士夫妇也在几日内头发全白，痛不欲生。接下来，一家人将怎么生活？

潘女士，40岁，因卵巢功能衰竭，终生不能生育了。为此，她在家经常被丈夫打骂："不能生孩子就不是女人！"她的耳朵被打聋了，上肢也曾被打折过。她每次去深圳武警医院生殖中心找张秀兰，都是由姐姐领着。到医院后，她常常哭得停不下来，有时还让医生看她被丈夫暴打后留下的伤疤。

还有……太多太多了！

张秀兰遇到的这种事情太多了。尽管现代科技目前已经发展到了惊人的地步，但患者自身的状况已经无法再生育，张秀兰也没有办法帮助她们。

这些家庭的痛苦，也许只能成为永远的痛。

三 立法势在必行

2012 年 10 月 16 日，深圳市卫生监督局、龙华新区公共事业局、民治街道办事处等 7 个部门共同出动，一举捣毁了“安得颐养堂”这个从事卵子非法交易活动的地下窝点。深圳《南方都市报》对其被捣毁与查封的过程进行了全面报道。“安得颐养堂”实际上就是一家非法的生殖医院，为在正规医院因国家政策原因无法治疗的不孕不育患者提供助孕服务，因此有不少“失独”母亲前来就医。

2013 年 2 月 5 日，继北京和武汉相继查处了两起地下违规助孕事件后，深圳又查处了一起。随着新闻舆论的介入，更多的地下生殖机构浮出水面。据悉，目前我国的地下违规助孕市场很大。所谓地下违规助孕，就是卵子私下交易和借腹生子（也就是通常所说的“代孕”）。这在我国是违规的、不允许的。但是，有这方面需求的人数还是很多的。在 2014 年 11 月中央电视台播出的《新闻调查》节目中，北医三院生殖医学院院长刘平曾说过，捐卵、代孕堵是堵不住的，只会越堵越乱。不孕不育是一种疾病，患者是值得同情的，用医疗技术来解决是应该的。

《2010 中国卫生统计年鉴》显示，我国每年要新增 7. 6 万个“失独”家庭。目前，全国失去独生子女的家庭已经接近千万。据了解，这些失去独生子女的父母的年龄大都集中在四五十岁，妇女在这个年龄正在面临或已经失去生育能力。

早在2001年年初，国家卫生部门就专门针对人类精子的捐献和利用颁布了《人类精子库管理办法》，从技术上对人类精子的捐献和利用进行了细致的规定，比较有效地防范了非法精子交易的问题。然而，遗憾的是，对于健康和伦理风险更为突出的卵子捐献和利用问题，国家尚未出台专门的法律进行监管。

几年前，我国试管婴儿之母张丽珠教授就已经将“供卵代孕”问题应立法的提案提交到了全国人民代表大会。目前我国对卵子捐献的管理机制尚不完善，国家正规捐献的卵子少，需求者排队时间长，无法满足数量庞大且日益增加的不孕不育患者的需要。虽然一些符合条件的医院设置了正规卵子库，为不孕不育患者提供卵子，但医院不予提供寻找卵子捐献方的服务，这样就使得求卵方合法求卵无门，也就间接造成了地下供卵交易市场的存在。

求卵者的心情为什么会这么迫切呢？因为她们失去了自己的孩子，特别需要寻找新的情感寄托。某位原计生部门的领导说过，“那些‘失独’家庭是我国活生生的现实，有近千万，且每年都在增加，有太多这种家庭给我打电话诉说苦衷。所以关于‘失独’，身不在其中，根本无法体会到其中的痛苦”。

“失独”家庭的剧增以及各地出现的地下违规助孕事件，终于成为全国各界尤其是医疗界讨论的焦点，由此也引起了国家卫生部门的注意。之后，由重庆妇幼保健院、深圳协和医院等单位的专家组成了专题调研小组，对“失独”家庭进行了调研。以这次调研为基础，国家卫生部门召开了相关会议，强调在维持现行的人类生殖技术服务法规的同时，也要与时俱进，与国际接轨。同时，国家卫生部门还组织相关机构开展了人类辅助生殖技术服务相关理论的政策研究，并邀请法医学、法学、伦理学、社会学等领域的相关专家就代孕等问题进行了探讨。因此，有专家预计，一旦代孕的相关法律法规通过并公布实施，我国的代孕合法化将会变成现实。

独生子女的时代可能一去不复返了，但“失独”家庭的数量却仍在增加。在我国目前的现实情况下，面对这样的悲剧时，张秀兰总是把同情变为动力，更加勤奋而执着地坚守在自己的工作岗位上，以提高接诊率和成功率来回报社会。

张秀兰不是不懂生活，也不是不会生活，只是她把所有的精力、技巧、心思和兴趣都放到了工作上，把对生活的热情转移到了扶病疗伤上，把对家人的爱转移到了病人身上。她常常用自己的实际行动去感动病人，抚慰病人。在人生的这个大舞台上，她自己就是主角，她要用台下的掌声与喝彩来证明自己的成功。

张秀兰就是这样的人，她的心思全在病人身上，她与病人的情缘永远也无法割舍。

四 学习还在继续

高强度的工作常常使张秀兰疲惫不堪。2013 年，她决定放松下来，给自己“充充电”。

张秀兰十分热爱学习。除了学习专业知识外，她对各种新生事物也充满热情，总想研究研究。但毕竟年纪大了，记忆力和精力已大不如从前。最终，她选择了心理咨询学科进行学习。

早在十几年前，张秀兰就认准了“心理学”和“营养与健康学”。她认为这两门学科是新兴学科，研究的是伴随时代发展的前沿科学领域的内容。其实，她早就想学习与之相关的知识，只是苦于没有时间。

2013 年 4 月 26 日，张秀兰与武兴旺一同报名参加了深圳金玉心理培训机构开办的“心理咨询二级学习班”。学习班每期学习半年，学员也可跨两期学习一年，并可免费参加两次考试。

张秀兰参加心理咨询学习班，目的有三个：一是她喜欢学习新知识，希望开阔眼界，用新的视角去看世界；二是她的思想一直超前，对新生事物总是充满好奇；三是她希望自己的事业更上一层楼，期望自己能解决临床中遇到的患者的心理障碍问题。

这期心理咨询学习班于 5 月 8 日正式开课。心理咨询培训机构为了照顾在职学员，把所有课程都安排到了周六和周日。每个周末，张秀兰都早早地起床，梳妆打扮一番，然后精神抖擞地背起书包去“上学”。

在这期心理咨询学习班里，大部分学员都是30多岁的年轻人，只有个别年龄较小或较大的，最小的19岁，最大的就是张秀兰，67岁。当张秀兰第一次走进教室时，学习班里的人都愣住了，所有人都用惊奇的目光看着她，心想：这是老师还是学生？负责授课的翟老师提前了解了她的情况，在第一堂课上向全体学员介绍了她。大家听了以后，都给了她热烈而敬佩的掌声。

张秀兰参加的这种学习班，其实就是教授一种职业技能，包括职业技能理论和职业技能实践。大家参加学习班主要是为了提高自己的职业技能水平，以便在以后的本职工作中做出更好的成绩。

这期学习班的学员要用的教材有《心理咨询师（基础知识）》《心理咨询师（二级）》《心理咨询师（三级）》等，每一本都特别厚。张秀兰把这些对自己来说包含着特殊意义的教材摆在书桌和床头上，一有时间就认真翻看。

人们常说“活到老学到老”，可现实中又有多少人能做到呢？张秀兰做到了。

在学习班里听课时，张秀兰认真又虚心，笔记本上记得密密麻麻，遇到不懂的问题就向老师或其他学员请教。她从不认为自己和其他学员有什么不同，她是来学习的，和年龄大小没有关系。老师和其他学员都非常尊敬她，对她格外照顾，并为能认识她而感到骄傲与自豪。下课后回到家，她也总是认真研读教材，努力做好老师布置的作业。

由于学习班的课程都安排在周六和周日，而且上午和下午都排得满满的，中午习惯睡一会儿的张秀兰就没有时间休息了。这么紧张的学习节奏，真是难为她了。张秀兰平时十分爱动，但现在每次上完课回到家就坐在沙发上一动不动了，甚至丈夫跟她说话她也不吱声，因为她实在太累了。有时她还冲丈夫耍点小脾气："我脑子都不管用了，还问我那么多事干吗！"丈夫只能笑笑表示理解。但到了下一个学习日，她还是去得很早，因为再苦再累也是她自愿的。因太累而犹豫的时候，她就会想到自己的责任和那些期盼她创造新生命的家庭。一想到这些，她就会信心百倍、精神十足。

学习期间，张秀兰共写了43000多字的学习笔记。那时电视上有一个节目叫《金牌调解》，她还经常拉着丈夫一起看，并自豪地说："你看，那个坐在正位子上的就是我的老师，他说得多好啊！"

学习班结束后，学员们要去外地参加心理咨询师职业资格证书考试，有不少学员问张秀兰："你还参加考试吗？"她回答："当然要参加，否则来上课干吗！"有时候她也会说："我的确是老了，接受和理解知识还行，但就是记不住。唉，能学到啥样就啥样吧，尽力了就行了。"她还说，人继续学习，不过就是拓宽自己的知识面，提高自己的层次，加强自身修养，以便更好地去服务别人。她说得多么实在啊！

张秀兰学习完心理课程后，很快就"活学活用"了。有时候丈夫对孙女们的哭闹大发雷霆，她就说："你这就是心理有问题。孩子哭闹很正常，他们不可能像大人那样安静，这是孩子的天性。相反，你这样发脾气才叫'闹'。你动不动就自己生气，这是心理不健康的表现，应该去接受心理咨询。"

张秀兰给人的感觉是，身上有一种潜在的能量，永远也用不完。其实，每个人身上都蕴藏着连自己也不了解的潜能。这种潜能在人们迫切需要的时候就会被激发出来，并促使人们不断自我完善，最终成为一个优秀的人。张秀兰这种"活到老学到老"的劲头，就是她被激发出潜能的一种表现，因为她觉得自己需要去学习。

在学习这条道路上，有许许多多的人，为着不同的目的而来。有的人为生存而学习，有的人为名誉而学习，有的人则为实现自我价值而学习。张秀兰就是最后一种人。她的这种学习完全是出于自觉，没有任何外在的压力。她是为完成自己的职业理想、实现自己为人民服务的人生目标而去学习的。

张秀兰的学习态度和表现，可用诸葛亮《诫子书》中的话来概括："夫君子之行，静以修身，俭以养德。非淡泊无以明志，非宁静无以致远。夫学须静也，才须学也，非学无以广才，非志无以成学。慆慢则不能励精，险躁则不能治性。年与时驰，意与日去，遂成枯落，多不接世，悲守穷庐，将复何及！"此时的她，真是"吾欲成佛天不平，只赖己想而从之，任学路多艰难，只为一路平川"！

同时，张秀兰还践行了《论语·述而》中的一句话，"多闻，择其善者而从之；多见而识之"。

五　经典家务

许多人拼命去追求自己的完美。然而，人生从来就不可能是完美的，不完美才是人生的本质。很多人老了以后才明白，其实平平淡淡才是生活的真谛。丢弃烦恼、笑对人生、淡泊名利、返璞归真，这才是人们最后的归宿。

有些人把“卓越”和“完美”混为一谈，其实两者根本不是一回事，因为卓越是可以通过自己的努力实现的，而完美只是人们的一种期望、一种理想，是可遇而不可求的。所以，平凡的生活才是人们真正的生活。

张秀兰，人们都称她为教授、“名医”，后来还成了“名人”。人们赋予她这些荣誉，就是因为她有一技之长可以为需要她的人们服务。其实，生活中的她也不过是最平凡的普通人。名人有名人的风光，普通人有普通人的洒脱。张秀兰在家的时候，就是一个最普通、最平常的家庭妇女。

张秀兰是一个合格的家庭妇女。一天上午，丈夫回家后，看到她正坐在沙发上缝补自己的红色秋裤。因为这条秋裤的膝盖处破了一个大洞，她就从自己另一条不能穿的秋裤上剪下来一块，补到了这条秋裤上。她带着深度老花镜，一针一线地仔细缝补着，看上去那么认真、自然、平静。丈夫看了心里很不是滋味。因为她平时工作忙，很少做这些事情，再说也没有必要补一条破了洞的秋裤。于是丈夫说："你补它干吗，再买一条不就行了，又花不了多少钱。"她说："补补不就还能穿一阵子吗？我又不是不会干。"丈夫想了想，明白了她的心思。

张秀兰常说："其实，我什么都会干，也什么都能干，只是以前工作太忙没时间做这些事。"现在每天早上起床以后，她除了学习以外，就是打扫卫生。在她的影响下，孙女也跟着她一起干。

灶台前的活，像炒菜、刷锅、洗碗等，张秀兰一直干得很少。她顶多就是择择菜、烧烧饭。她真正爱做的家务是打扫室内卫生，比如擦灶台、擦桌子、擦橱子、拖地等。她还特别喜欢清理家中乱七八糟的杂物，但她从来不卖废品。她要把废品给那些清洁工留着，因为她觉得他们很辛苦，生活不容易。有时候，她把家里的水果和其他食品也留给清洁工。

张秀兰还十分注意垃圾的处理。她积极响应国家垃圾分类的号召，在家里放了4个盛放垃圾的容器，有小垃圾篓、大垃圾筐、大纸箱子和小纸盒子，还有一个大塑料袋子。她不仅自己严格按要求分类丢放垃圾，还积极动员家人也这样做，并随时给孩子们讲解垃圾分类的重要性。

张秀兰清洁地板的方式是最让人叹服的。她在家时，只要有空，就会用自己独有的方式去清洁地板。她的经典做法是这样的：先准备工具，包括一盆水、一瓶洗洁精、一把铁刷子、一把塑料刷子、一个钢丝球和几块抹布，然后穿上不怕水的拖鞋，戴上橡胶手套，坐着小板凳在每一块地板砖上又擦又刷，一点一点地向后退着干，直到把家里所有的地板砖都清洁完。她清洁每一块地板砖时，几乎都会把所有的工具用一遍。

一般是独自在家的时候，张秀兰才会这样擦地板砖。她说，家里有人的时候，人走来走去的，影响她“工作”。她干一会儿歇一会儿，看着自己擦过的地板砖透着光亮，感到很自豪。儿媳妇回来后，看到那么干净的地板，不禁惊呼：“妈，地板这么亮啊！你擦得这么仔细啊！”张秀兰忙说：“你先别动，等地板干了你再过去。”随后她又说，“你们都没空干，我就慢慢地擦吧，反正也不着急。”

有一年春节前夕，她擦地板整整擦了3天。干完后，她自己也说：“真累啊！累得快爬不动了。”家人怕累着她，都不让她这么干。可她不听，干完后还让丈夫检查合不合格。丈夫看她把家里打扫得那么彻底，边边角角都擦得十分干净，只好说：“行了，挺好！”

张秀兰打扫卫生间的方式也让人佩服。与家里其他地方相比，卫生间的卫生是不太好打扫的。更重要的是，一般人宁可干其他的活，也不愿意打扫卫生间。可是，张秀兰却把它作为家务活的重点来干。卫生间的地板砖的清洁就不用说了，更绝的是擦洗坐便器。她一般是先擦洗坐便器的外侧和水箱，擦到自己满意了，就开始擦里面。坐便器里面是又脏又臭的地方，也是最难擦洗的部分。张秀兰清洁的时候，先把坐便器的内侧用刷子刷几遍，然后再用洁厕剂和洗洁精清洗。这样还不够，因为坐便器内侧的尽头用刷子刷不到。于是她就戴上手套，拿着钢丝球伸进手去一点一点地擦洗。不管用多长时间，整个卫生间必须擦洗得她满意才算完工。不光是家里的公用卫生间这样打扫，就连儿子卧室内的卫生间，她也是这样擦洗。后来，儿子搬走了。但每次去儿子家里，她都要先去卫生间看看干净不干净。如果太脏了，她就下手打扫。

张秀兰还给家里所有人刷拖鞋。每年春秋换季的时候，她会及时地把家人换下来的所有棉拖鞋或凉拖鞋集中起来，泡在大盆里，倒上洗衣粉，然后坐在小板凳上一双一双慢慢地刷，直到全部刷干净为止。最后，她把刷干净的拖鞋整整齐齐地摆放在阳台上晒干，再收起来放在鞋柜里。

有一次，张秀兰在电视上看到一种足浴养生秘方，说是对老年人有很多好处。她马上就给丈夫买了回来，天天晚上亲自烧热水，并把药品在盆里调好，端到丈夫跟前，督促丈夫把脚放到盆里才肯离开。等丈夫泡完脚后，她又把擦脚布递过去，然后再端起盆把水倒掉。她几乎天天这样做。到外地去的时候，她也带着这种药，像在家里一样照顾丈夫。难怪有人这样说，“你得到了她的爱情，就得到了她的全部”。

张秀兰还带着孙女去学钢琴。孙女就喜欢她，就愿意让她带着去。有一次，孙女不想去学了，谁也哄不了，但张秀兰一哄她就去了。孙女就愿意听奶奶的话。

在家里，张秀兰褪去了名人的光环，就是一个妻子、一个母亲、一个普普通通的家庭妇女。尽管她从来没有把自己定位为一个纯粹的家庭妇女，可是一旦到了家庭妇女的位置上，她比任何人做得都好。张秀兰自己也常说，她不是贤妻，也不是良母，但是贤妻良母她都做了。

张秀兰曾说：“人吃饭是为了活着，可活着绝不是为了吃饭。活着就要发挥作用，大事做不了不要紧，可以做一些自己力所能及的小事。一个人能把小事做得十分漂亮，同样也很伟大。”

“再小的事，只要你去做就是大事；再普通的工作，只要你去做就是不普通；再平凡的岗位，只要有你就不平凡，因为你是一个做事的人。”丈夫这样评价张秀兰。

六　电话传情

“电话！”丈夫在一旁喊。

“电话！姑！”小孙女的阿姨小荣也在喊。

1岁多的小孙女拿起茶几上正在响着的手机，踉踉跄跄地小步快跑去找奶奶。这时奶奶正在阳台上接另一个电话。小孙女站在奶奶背后，拿着手机的小手高高地举起，嘴里还说着：“给……给……”

受奶奶的影响，小孙女不管拿到谁的电话，小手指在手机触摸屏上乱触一气后，就跑到窗户下或阳台上把手机捂在耳朵上“咿咿呀呀”地打电话，样子可爱极了！但张秀兰的心思却没有放在这种天伦之乐上，而是都放在了电话内容上。在家里，接电话是她的第一要务。只要有电话打来，她就马上放下手头的事专心去接听。打电话和接电话每天都会占去她大量时间。

有时，她半夜还能接到电话。

“张教授，我正怀着孕呢，突然流血了，怎么办啊？”

“别着急，如果流血少，赶紧卧床休息，保胎的药加量；如果流血多，抓紧到附近医院就诊。到了医院，做完检查再给我打电话。”

“张教授，我好不容易怀上了孩子，怎么这里的医生检查说没胎心了呢，这可怎么办啊？”

“先别着急，这是停育了。先清宫，胎儿成分做基因诊断。如果是孩子的问题，以后再怀孕会好的；如果胎儿属于正常，那可能是你自身的问题。等身体恢复好了找找原因，治疗后再怀孕。”

“好吧，你一定得帮我啊！”

“我一定会帮你的！”

“…………”

张秀兰每天接到的这种电话很多，而且经常是在夜里，扰得丈夫心烦意乱。有一次，丈夫很生气地对她说：“你睡觉前不会关机吗?!”她说：“万一人家有急事怎么办?”“唉!”丈夫只得无奈地摇摇头。

丈夫有时候说她：“你都这么大年纪了，歇歇吧，别这么上心了。”但张秀兰不是这么想的。她心里有一种信念在支撑着自己，她要为需要她的人提供力所能及的帮助。她年龄大了，外出给人指导不方便，但在家里为需要她的人服务是可以的。所以，她就一直这样做。

她的电话实在太多了，经常一打就是半个多小时。有时候手机太热了，出了故障，她还在奇怪：“咦，怎么死机了、不通了?”这时丈夫在一旁打趣道：“你的手机太累了，它也得休息一会儿啊!”虽然手机频频出故障，但是挡不住张秀兰要帮助人的那份热情。于是，她换个手机接着打，因为她心里只有病人。她不去回顾过去，也不去想象未来，只是牢牢地把握住今天该做又能做的事，尽力为需要她的人服务。

张秀兰打了那么多电话，不仅付出了许多电话费，还耗费了很大精力，换回来的报答只是“谢谢”两个字。但她仍然那么投入地认真去做，这种无私奉献的精神太令人感动了。

广西北海的王女士是位很成功的民营企业家，找张秀兰做过两次试管婴儿，可惜都没成功。现在，她和张秀兰已经是好朋友了。一天，她又来电话问："张教授，我可怎么办啊？我永远也忘不了您对我的忠告，'投资什么也不如投资人'。可是现在我有事离不开，真急死我了！""是啊！你现在的事是离不开你。其实，不是事离不开你，而是你离不开事。因为你是有能力的人，是干事业的人。但是，到什么时候你才能离开你的事业呢？再晚几年，你要孩子还有可能吗?！上两次给你做的试管婴儿都没成功，就是因为你有心理压力，心里只想着你的公司运转的情况，心思根本就没放在要孩子的事情上。你公司的事再大也不如你要孩子的事大。你公司的事可以暂时放一放，也可以找人代管。等完成要孩子的任务后，你可以接着干。你现在年龄都偏大了，还在忙活公司的事。你想事业、孩子一起要，但对妇女来说，这几乎是不可能的事。退一步说，就算你非常成功，但你挣那么多钱，将来给谁啊？孩子才是最大的希望啊！"张秀兰说完这番掏心窝子的话，听到电话那头传来了哭泣声。张秀兰又说："行了，你先把手头的事放一放，抓紧到我这里来吧！"王女士忙说："张教授，我安排安排，这就去找您。"几天后，王女士来到了深圳。张秀兰给她做了心理调整，使她彻底放下了思想包袱，积极配合治疗。功夫不负有心人，王女士后来顺利地怀孕了，怀的还是双胞胎：两个儿子。儿子出生后，王女士夫妇俩抱着孩子来感谢张秀兰："张教授，我们怎么报答您才好呢？"张秀兰说："不用，你们有了自己的孩子，又是两个儿子，这就是对我最好的报答与感谢。"

像王女士这样的患者还有一些，最后他们都在张秀兰的帮助下有了自己的孩子。

通过电话咨询张秀兰的人，绝大部分是有生育障碍的病人，全国各地的都有，其中很多还是"慕名而问"的。有时候，丈夫很好奇："这些人怎么知道你的电话呢？"张秀兰也很奇怪："是啊，我也不知道啊！"另外，还有一些临床大夫、个体门诊医生等，也经常来电话咨询她一些技术问题。有的还非要当她的学生，跟她学习生殖疾病治疗技术。

2013 年 10 月 8 日，张秀兰的手机上出现了 9 个同号码的未接电话，因为她的手机铃声误调到了振动上。对方见她未接电话，就发来了信息："张教授，您好！我是东莞的张医生，是您原来工作的医院里的一位大姐介绍我来找您的。我很敬佩您的医术和为人，现在有事相求，可以联系吗？"当晚对方又发来了信息："张教授，您好！我是东莞的张医生。自从听到您的事迹后，我就很钦佩您的医术和为人，您真的很伟大！"张秀兰发现这些信息后，马上与他联系：

"你是东莞的张医生啊？"

"是啊！我很钦佩您，想过去跟您学习，还想拜您为师。"

"你学的是中医还是西医？"

"我是中医大夫，自己开门诊。我想跟您学习辅助生殖这方面的技术。我觉得在这方面中医与西医结合起来会更好。"

"我不上班了，没有病人，你怎么跟我学啊？"

"那先学理论吧。"

"学理论的话，自己看书就行。"

"好，那我先看书。但我一定要去见您，依您的时间。"

2013 年 10 月 14 日上午，张医生与妻子一起来到深圳见张秀兰，张秀兰与丈夫接待了他们。他们见到张秀兰非常客气。张医生非要做张秀兰的学生，向她学习助孕技术。张秀兰非常真诚地说："我不上班了，没有地方带着你学。如果你非要学的话，就自己先学理论，买本张丽珠教授的书在家学就行。"张医生说："学理论我也要跟您学。"张秀兰笑了，说："学习理论，你自己在家看书就行，有什么问题就记下来，可以随时给我打电话，也可以过来找我。现在你这种情况，要学习这方面的知识与技术，还真不是一件容易的事，因为这是一种新兴的高科技技术，涉及的基础知识和专业知识很多，面也很广。不过，你的这种精神值得表扬，我支持你！但我确实没地方带你学，也只能做到这一步。”张医生听了张秀兰的话很感动，也很无奈地点了点头说：“我觉得您的医术实在是太好了，我真的很想跟您学。再说，咱们还是同姓，‘五百年前是一家’，我得管您叫‘姑妈’啊！所以，我一定要跟您学，还要给您交学费。”张秀兰听后笑了，说：“学费我可不要，有什么问题你尽管问我就行。”

两位张医生谈了很长时间。下午，张医生夫妇恋恋不舍地走了。临走时，夫妇二人都对张秀兰深深地鞠了一躬，说：“姑妈，我们还会来看您的。”

就这样，张秀兰在家带“学生”，也乐在其中。

张秀兰与丈夫年轻的时候，都在忙自己的“革命”工作，还有孩子需要照顾，因此很少有两个人单独在一起的时候。退休以后，他们独处的时间和空间多了起来。但是，张秀兰的心思仍在自己的“工作”上，每天没完没了的电话扰得丈夫心神不宁。但丈夫没有办法，也不能埋怨她。因为丈夫理解她，明白那是她的责任、她的事业。她是在发挥自己的余热，实现自己的人生价值。无奈之下，丈夫为了“发泄”自己内心的“不满”，便根据她打电话的情形写了一段顺口溜：

出门路上接电话，
回家坐下“瞎划啦”（手写信息回发）。
查询信息有何求，
逐条逐条做解答。
丈夫喊她吃饭了，
坐在那里还在发。

都是咨询不见面，
爱心送到千万家。
半夜三更铃响起，
就算扰人也作答。
天南地北来信息，
遇到问题都问她。
不分昼夜与何时，
电话频频连连打。
手机累了“闹罢工”，
换它“姊妹”接着打。
电话信息传万里，
只为助人普天下。

七　畅游世界

退休后，张秀兰与丈夫过着朝夕相处、相互关心、相互疼爱的美好生活。2013 年六月初六，亲朋好友聚在一起，给她办了一个热闹的生日宴会。这一天，丈夫还专门给她发了一条祝福短信：

浪淘沙·生日

把酒祝生日，且共从容。
垂情到老在心中，
好人一生总平安，福寿无穷。

天天累匆匆，乐意融融。
今年花胜去年红，
明年花更红彤彤，愿与你同。

闲暇时间，张秀兰喜欢到各处游玩。她常常这样说："干的时候一定要干好，不干的时候一定要玩好。玩，也是生活的一部分。"她很认同"读万卷书，行万里路"这句话。所以，只要条件允许，她很愿意外出旅行。她计划每年至少出去旅行一次，去那些自己没去过的地方。

2013 年 4 月，张秀兰夫妇随旅行团去了韩国，不仅领略了那里的秀丽风光，还了解了韩国的饮食文化。最令他们惊叹的是那里的美容整形技术，令世界各地的爱美女性为之心动。

7 月，张秀兰又决定出国旅行。这次去哪儿呢？去非洲？去南美？这些地方她都没去过，但听说签证比较难。那还是去欧洲吧，她终于定下来了。2006 年，她去过欧洲一次。那次她去了法国、德国、意大利、奥地利、梵蒂冈、比利时和卢森堡 7 个国家，早已领略过西方国家的自然风景、古典建筑的风格和先进的科学技术。那是张秀兰第一次走出国门，她真是大开了眼界。所以，她想再到欧洲去看一看。

张秀兰以往出去旅游，都是别人联系和组织，这次她决定自力更生。正巧，她居住的小区内就有中国国际旅行社（CITS）深圳站点，于是她马上与其工作人员联系。经过几天的了解和沟通，她选择了俄罗斯及北欧的瑞典、挪威、丹麦和芬兰四国两线合一的线路。之后，她开始办理手续，还特地邀请了老家的同学朱洪双及于凤荣、杨晓兵夫妇一同前往。

8 月 26 日，张秀兰和丈夫赶往广州，与从德州赶过来的三位同学会合。晚上，一行人入住白云机场附近的空港假日酒店，小酌了几杯，为自己送行……

在俄罗斯旅游期间发生的两件事，令张秀兰的丈夫感慨颇深。

9 月 4 日，旅游团到了俄罗斯的圣彼得堡。上午 10 点，张秀兰一行人开始下船，船的出口处距地面足有 5 米高，舷梯也很陡。旅客们全都挤在出口处，年轻人非常利索地就下去了，老年人则需要小心翼翼地扶着舷梯两边的扶手慢慢下，后面的人十分着急，不停地催促。张秀兰带的行李比较轻便，很快就下来了，在下面等着同行的人。这时，船的出口处出现了一位又高又胖的老太太，看上去像是俄罗斯人，带着一个又大又重的行李箱，非常吃力地一个台阶一个台阶地往下走。刚走了两三个台阶，她就累得满头大汗，喘着粗气停了下来。后面的人见她停下了，都不停地催她。在船下等人的张秀兰看到这种情况，赶紧扔下自己的行李跑上去帮忙。两个老太太好不容易才把那个又大又重的行李箱抬下来，都累得快喘不过气来了。后面的人从她们俩面前快步走过时，纷纷投去异样的目光。等胖老太太的气喘匀了，她才激动地对张秀兰说："Thank you！Really，thank you very much！You are Chinese？You look like Chinese very much.（谢谢您！真的非常感谢您！您是中国人吧？您看起来很像中国人。）"一开始，张秀兰还能听懂，但后面的就听不懂了。她指着前行的人群说了一声"Good bye（再见）"，胖老太太意识到不能再耽误她的时间了，也连忙说了几声"Good bye"。张秀兰走了很远后，回头发现胖老太太还站在那里朝她挥手。

9月6日，张秀兰一行人到了莫斯科。他们先参观了克里姆林宫，后又到了红场。这天天气阴沉，从清晨就开始下小雨，后来雨越下越大，等他们到红场时就变成了中雨。游客们为了留下美照，都顾不上打伞。张秀兰也是这样，浑身都被雨水淋湿了，还在忙着拍照。正当她认真地给丈夫照相的时候，背后有一对当地的老夫妇打着一把伞相拥着朝她走过来，微笑着为她撑起了伞。等张秀兰给丈夫照完相后，他们就悄悄地离开了。这一切丈夫都看在眼里，可张秀兰却全然不知。

这对当地的老夫妇与张秀兰素不相识，他们却顺手给她撑起了伞；张秀兰与下舷梯的胖老太太素不相识，她却很自然地帮她抬下了行李箱。一个人只要有热度，周围的人就会感到温暖。张秀兰是一个有热度、有爱心的人，她走到哪里就会把爱心播撒到哪里，给别人带去感动，也给自己带来快乐！

9 月 7 日，张秀兰一行人回到北京，当天又去了广州。之后，他们在广州和珠海又玩了两天。

要说张秀兰爱玩，那倒不是；要说她会玩，也不完全正确，只能说她会努力争取玩好。张秀兰一直认为，在该玩的时候就要玩好，要忘记过去的烦恼，也不要想未来的事情，享受当下就好。未来是什么样子，谁知道呢？但她相信，未来会更美好，她的生活会一天比一天更精彩！

有人问佛："人，为什么长着一个心脏，却有两个心房？"佛说："这是因为人的一生不只有快乐，还有悲伤。两个心房，一个里面住着快乐，一个里面住着悲伤。须知：福兮祸依，得意不可张狂。所以，当你快乐的时候，不要发出太大声音，别把旁边睡着的悲伤吵醒了。"

是的，每个人都有快乐或悲伤的时候，自己应该学会调节。人生不易，一生问心无愧就好，那样快乐就会永远伴随着我们。人老了需要张弛有度，不要再去"拼命"，要好好地保养自己的身体。2013 年春节，于凤荣和杨晓兵送给张秀兰的寄语正表达了这样的期盼：

风雨过后彩虹艳，
瑞雪洁白兆丰年。
助人衍根增枝芽，
险端风光永无限。
老骥伏枥志千里，
张弛有度需悠然。
锦绣山河遍桃李，
兰姐笑坐莲花坛。

八　南北医缘情

2015年8月初，海南省海口市玛丽医院生殖医学中心聘请张秀兰去那里工作。一下飞机，她就立刻感觉呼吸舒畅，身心非常轻松。

玛丽医院设在海口的闹市区，设备配备非常标准，管理也十分正规。张秀兰居住的地方离生殖医学中心不远，步行大概需要20分钟。她平时就步行上班。海口市区人口尽管不多，但城市交通十分拥挤。马路上除了汽车，还有很多摩托车、电动车和自行车在飞驰。张秀兰每天就在这些车辆中穿梭。

张秀兰到玛丽医院生殖医学中心的时候，该中心刚刚经国家卫计委批准挂牌，才试运营了5个月。在试运营过程中，明显显现出技术力量薄弱的劣势，因此病人稀少。在这种情况下，生殖医学中心第二年能否通过国家卫计委的评审还是一个未知数。张秀兰有多年这方面的工作经验，因此非常清楚这一点。她来到这里以后，加班加点，制订了快速提高医生专业技术水平和生殖医学中心信誉的方案。

首先是对医生进行专业培训。任何一家医院，要想把医疗工作开展好，都离不开高水平的医生，对于海口市玛丽医院生殖医学中心这样一个刚刚起步的医疗机构来说更是如此。当时，中心的病人很少，正是医生外出培训的好机会。因此，只要有机会，张秀兰就会派大量医务人员参加全国的各种生殖技术交流会，让大家在这种潜移默化中逐步提高自己的理论水平。留在医院的人员也在抓紧学习，中心每周组织一次读书会，所有人都要在会上把自己读到的好文章和心得体会分享给大家。这种集体学习既提高了大家的理论水平，又增强了团队的凝聚力。张秀兰还从实际出发，定期组织医务人员讨论疑难病例，培养大家解决实际问题的能力。

其次是用事实宣传，尽快把生殖医学中心的招牌打出来。一家医疗机构，尤其是在试运营期间，尽快打出自己的招牌，获得社会的认可至关重要。但是这个招牌怎么打出来呢？张秀兰有自己的办法，就是重点医治来中心之前曾多次经其他医院助孕不成功的病例，如罗女士、吴女士等。张秀兰首先树立起她们的信心，然后仔细研究她们的病情，并根据每个人的情况，专门为其制订有针对性的综合治疗方案，且在整个治疗过程中给予热情周到的服务。最后，她们都一次助孕成功。这些病人都被不孕不育困扰多年，求子心切，十分渴望怀孕。她们一旦怀孕成功，就会自发地去宣传，效果非常好，是中心的其他任何宣传手段都比不了的。果然，她们的宣传很快就在社会上引起了强烈的反响，吸引了很多病人来中心就诊。

再次是有疑难病人时张秀兰亲自上阵。在生殖医学中心，一般情况下，张秀兰只是在门诊坐诊，指导别人做手术。但有时候遇到疑难杂症，或其他医生医治不了的病人，张秀兰就会亲自上阵进行技术操作。她凭借自己高超的医术和多年的临床经验，总会把不成功的病例数降到最低，由此为中心带来了很好的信誉。

在张秀兰的努力下，生殖医学中心的医生的专业技术水平有了很大提高，中心的服务质量也有极大的改善，到 2016 年 3 月国家卫计委评审时，中心共做取卵手术 230 多例，成功率在 60% 以上。中心的病人上升速度之快、取卵成功率之高在海南省的医院中首屈一指。这些成绩得到了专家们的一致认可，中心顺利通过了评审，拿到了正式运营的资质。

至此，海口市玛丽医院生殖医学中心在张秀兰的协助下，已经有了良好的发展基础，正在健康蓬勃地发展。

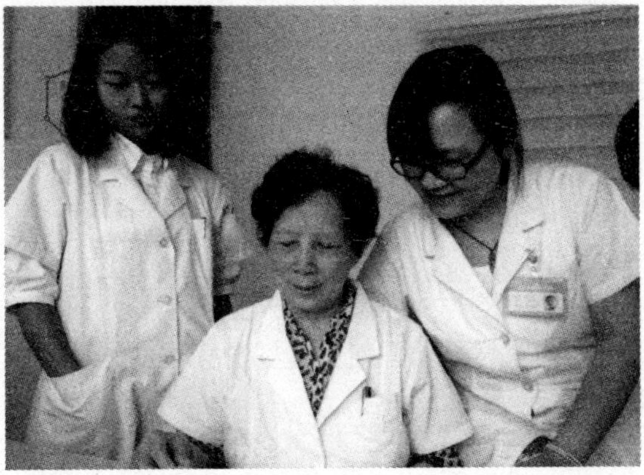

张秀兰与海口市玛丽医院生殖医学中心的同事在一起

一天，生殖医学中心的孙总对张秀兰说："大姐，我是一边高兴一边犯愁。海口这边的工作是正常运转起来了，可东北吉林那里还有一个生殖医学中心，年底也要评审。现在那里的工作开展得很不理想，病人数量上不来，而且矛盾重重。"张秀兰听后看着孙总说："开办医院，最重要的是要有病人。医院是给病人看病的，没有病人不行。病人从哪里来？靠医生的威望和医院的信誉来吸引。所以，医院要注重医生的培养，使他们有高超的医术，能迅速为病人解除痛苦。同时，医院还要合理收费，真正为病人着想，这样才能建立起良好的信誉，才有长远发展的可能。我去那里看看吧。""吉林那么远，让您天南地北地跑，我是真不好意思。可别人去我又不放心，只有您去我才放心。"孙总说着抱住张秀兰说，"好吧，大姐，就辛苦您了！"

孙总是女中豪杰、性情中人，说话十分豪爽。她比张秀兰小好几岁。从她们一见面开始，她就从未称呼过张秀兰"教授""主任"等，都是直接喊她"大姐"，并且一遇到难事就找她商量。

2016 年 3 月 18 日，张秀兰又来到吉林市北华大学附属医院生殖医学中心工作。

吉林的生殖医学中心与海口的不一样。它是由孙总与北华大学附属医院联合组建的，工作人员也是由双方组织的，其运营十分复杂，管理上也有很多麻烦。

北华大学附属医院是三甲教学医院，医生普遍学历高，理论水平也很高，但对试管婴儿技术了解甚少，且没有实际工作经验，也缺乏实际工作能力。医院的这些医生常常居高临下地看待孙总，认为自己是“正规部队”，孙总聘任的医生是“游击队”，两者在工作配合上有难度。

这时，生殖医学中心离年底评审只有 9 个月的时间了。张秀兰明白，只有尽快展现出自己的能力才是解决问题的关键。她知道，现在大家都在等着看她到底有什么本领。

这时候，张秀兰学过的心理咨询首先派上了用场。她认真分析了不同地域的人的性格特征，发现北方人往往是“见情而动”，比较注重感情。特别是东北人，一般性情豪爽、说话直白，非常重情义。于是，张秀兰把提高全体医务人员的服务质量和服务态度作为切入口，要求他们把病人当作自己的亲人或朋友，在诊治过程中对病人详细询问、耐心解释，并因“人”制宜地制订切实可行的治疗方案。遇到问题时，她要求医务人员对病人动之以情、晓之以理，以获得病人的积极配合。

像在海口市玛丽医院生殖医学中心时一样，张秀兰对前来就诊的被不孕不育症困扰多年且多次助孕不成功的疑难病例格外上心。针对这类病人，张秀兰首先对她们进行心理治疗。她给予她们亲人般的关爱，鼓励她们树立信心，消除思想顾虑，因为平和及满怀希望的心态是助孕成功的重要条件。等病人的心态平和下来以后，张秀兰再帮她们寻找不孕不育的原因，并给每个病人制订不同的综合治疗方案。经过一番努力，这些病人一般都能在这里一次性助孕成功。和海口的生殖医学中心一样，这些疑难病例成功怀孕的自发宣传效应，使得越来越多的病人到这里来就诊。

在给病人治疗的过程中，张秀兰发现东北地区人们的经济条件不如南方的。因此，她尽量为她们节约费用，能用便宜的药绝不用贵的，能用国产的药决不用进口的，而且还尽量避免浪费，如一个人用不完的药主动为她们找搭档共同使用。张秀兰这种设身处地为病人着想的做法，虽是小事，但确实令人感动，也得到了病人们的一致赞扬。

方女士，35 岁，因继发性不孕症，双侧输卵管已切除。2015 年 3 月，她去长春某医院人工助孕。医生采用达菲林长方案促排卵，取卵 9 个，因没有一个可用胚胎而失败。9 月，她去同一家医院再次助孕。这次是用微刺激方案两次取卵 6 个，只有一个可用胚胎，但移植后没成功。这两次助孕前后花费了数万元，但均以失败告终，她近乎绝望了。

当她一筹莫展之际，北华大学附属医院生殖医学中心成立了。于是，她抱着试试看的想法来到中心，一脸无奈地坐在了张秀兰的面前，流着眼泪诉说她在求子路上的艰辛与痛苦。方女士的确属疑难病例，之前的助孕一直未成功，思想压力之大可以想象。张秀兰一面安慰她，一面详细了解她的病情。之后，她又对方女士的身体进行了仔细检查，并召集全科所有同仁会诊讨论，最后依据自己的经验和大家的智慧，决定对方女士采用黄体期促排方案。

2016 年 5 月，张秀兰用此方案对方女士进行卵子促排，取卵 5 个，培育出优质胚胎 2 个，6 月份进行了胚胎移植。14 天后奇迹出现了，方女士成功怀孕了。方女士得知自己怀孕后，激动地流下了眼泪，说：“去年我花了好几万元，跑了不知多少路都没成功，没想到现在在自己的家门口，只花了 2 万多元就怀孕成功了。你们的热情服务感动了我，使我树立了信心；你们的精湛技术拯救了我，圆了我的求子梦。我真的非常感谢您，张教授！”

侯女士，37 岁，继发不孕，双侧输卵管不通。2015 年 6 月，她在长春某医院助孕，移植了 3 次，都是优质胚胎，但均未受孕。2016 年 5 月，她来到北华大学附属医院生殖医学中心，找到了张秀兰。张秀兰先是详细询问了她的病史，又仔细为她查体，然后全科会诊。张秀兰认为，侯女士胚胎移植不成功的原因可能有两方面：一是病人本人存在免疫问题，二是子宫接受性问题。确定病因后，张秀兰先给病人做免疫治疗。3 个疗程后，对她采用达菲林长方案促排。移植时，先对侯女士进行 HCG 宫腔灌注，3 天和 5 天时实施两次移植。结果，14 天后化验显示，侯女士怀孕成功。侯女士激动地对张秀兰说：“我去年往长春跑了一年，移植了 3 次均没成功。真没想到，在您这里一次就成功了，我太高兴了。你们热情周到的服务、高超精湛的技术以及先进独特的治疗方案圆了我要孩子的梦，我终于可以做妈妈了！”

的确，张秀兰的治疗方法经常与别人的不一样。对一些特殊病例，她总会有自己独特的治疗方案。她经常说，别人能做成的，我也一定能做成；别人做不成的，我也要想办法做成。不管怎么做，只要成功就行，成功才是硬道理。

由于这些特殊病例的成功，使北华大学附属医院生殖医学中心声名鹊起，美誉远扬，甚至很多外地病人也慕名前来。2016 年 12 月，从大连赶过来的黄女士费尽周折找到了张秀兰，非要张秀兰亲自为她诊治不可。

在北华大学附属医院生殖医学中心的这段时间，张秀兰不仅在临床上起到了决定性作用，而且为中心的发展做出了很大的贡献。她不仅关注着中心的发展，还关心着职工队伍的建设，注重培养年轻人，力争使他们尽快成长起来。南方医科大学的邢教授这样评价她：“这老太太少有，不管到哪里，她都是先想着大家的利益，从不为自己考虑。”

一天，一位年轻护士由于疏忽看错了医嘱，提前好几个小时给一位病人打了促排针，导致这位病人必须在第二天的零点赶到医院取卵。病人知道是护士的失误后，不依不饶。那位护士自知理亏，只好任由病人无休止地闹，其他护士见到这种情况都十分害怕。这时，张秀兰赶紧上前解释：“提前几个小时没事的，不会影响你的卵子质量，只是耽误了你的休息。这样吧，今天夜里零点我亲自来给你取卵怎么样?”这位病人听到中心的首席大夫说没事，而且还要亲自为自己取卵，也就不再闹了。那天夜里零点，张秀兰到了中心，亲自为病人取了卵，病人十分高兴。在这件事中，张秀兰只是自己受了点累，却避免了一场医疗纠纷。否则，此事影响了中心的声誉，那位年轻的护士就可能被开除。

张秀兰与北华大学附属医院生殖医学中心的同事在一起

张秀兰的不懈努力，加上同仁们的密切配合，带来了北华大学附属医院生殖医学中心试运营期间的高效健康发展。不到 9 个月的时间，中心完成了助孕手术 275 例，成功率在 60% 以上。2016 年 12 月 26 日，北华大学附属医院生殖医学中心在国家卫计委专家评审团评审中全票通过，开始正式运营。

得知消息，孙总第一时间打电话给张秀兰："大姐，多亏了您啊！全票通过！您辛苦了！"张秀兰在电话里对孙总说："这是大家的功劳，不是我自己的。再者，我想明年我还得在这里待一年，这样中心就能比较顺利地发展起来了，我也就放心了。"孙总听后沉默了一会儿，说："大姐，我啥也不说了。其实，我也是这么想的，可我怎么好意思给您说啊！您真是我的好大姐！"

在吉林的这一段时间，医院对张秀兰十分照顾。她刚到吉林时，居住条件不是太好，但医院很快就另给她安排了比较好的住房。搬去新房子以后，她用了足足半天的时间把原来居住的房子打扫得干干净净。负责后勤的一位主任见了后对她说："退了房，有打扫的，但也不多。像您把房子打扫得这么干净的，我还是第一次见。您真令人敬佩啊！"

医院对张秀兰这么好，她也很感激。虽然她很怕冷，可她却说："吉林也不过如此，没有那么冷，屋里很暖和啊！"事实上，她在冰天雪地里摔倒过两次，腰腿疼了好长时间。但除了丈夫，其他人都不知道这些事。

九　秋实载歌

记得看过一篇《人为了什么活着》的文章，里面有一段话耐人寻味："人的一生，究竟在追求什么？这是一个没有标准答案的问题，一千个人可能有一千个不同的回答。但我们应该知道成功有很多种定义，有些人终生都在追逐名利，他们生活得很快乐（也许）；有些人毕生都在灯红酒绿，他们生活得也很幸福（可能）；还有更多的人在平淡充实、日复一日的工作和生活中度过平凡的一生，这又何尝不是一种幸福呢？或许，真正的成功只有一个，就是按照自己喜欢的方式，度过自己想要的人生……"

几年前，张秀兰也给丈夫讲过一个中国老太太和一个美国老太太对话的故事。

美国老太太：你们中国人就是"傻"，光知道干，不知道享受。你看我们，先贷款买下房子和车子，先享受着，然后再去工作，一点一点地去还贷款。最后，人老了，贷款也还完了。但我们享受了一辈子。我们是不是比你们聪明啊？我们这是"智慧人生"。

中国老太太：你们那是好吃懒做，光知道享受。你们耍小聪明、钻空子、找技巧，那是"投机"。我们中国人一辈子吃苦耐劳，在肯干中讲奉献，在奉献中追求高尚，通过自己勤劳的双手，拥有了想要的一切，然后再无忧无虑、舒舒服服地享受美好的生活。这是我们中华民族的优秀传统，我们这是“享受人生”。

两位老太太不同的人生观，其实是东西方文化和意识形态的差异造成的。事实上，张秀兰非常赞赏那位美国老太太的思想和做法。但她却没有像她那样去生活，仍是像那位中国老太太那样，吃苦耐劳、甘于奉献，因为她正是再平凡不过的朴素的中国老太太。在她的心中，真正的成功只有一种，那就是按照自己喜欢的方式，度过自己想要的人生。

不知不觉中，已到暮年的张秀兰迎来了她的事业之秋。丈夫送给她一首词：

沁园春·秋

五彩之秋，
远处望去，
一派悠悠。
见五谷摇摆，
硕果累累；
满盈在望，
收势无忧。
田野丰饶，
人杰地灵，
万类成熟竞丰收。
金灿灿，
看漫漫一片，
主色不丢。

幅员大地山丘，
真可谓，
美景一望收。
看春夏秋冬，
辛勤劳作；
只为生计，
别无他求。
万代千秋，
就显如此，
收获才是真气候。
吟秋色，
为美化人间，
秋韵九州。

秋天，是丰收的季节，也是人们最喜欢的季节之一，它给人们带来了欣慰，同时也见证了人们的辛勤劳作。

2015 年 9 月 24 日，张秀兰收到一条短信："张教授，我是深圳的孙成仁，您 7 年前给我送来了女儿。我找了 3 年才找到您，想方便的时候去看看您。这是我的电话，深圳银湖的孙成仁老乡。"

几天后，孙成仁在一家高级酒店宴请了张秀兰。他紧握着她的双手，激动地说："您是我们家的大恩人啊！我们怎么才能报答您啊？"

孙成仁，48 岁，山东烟台人，桥梁专业毕业。1992 年，他来到深圳，事业非常成功，深圳北站就是他参与建设的。但是他的婚姻一直很不顺利。闲谈间，他又含泪说起了自己的婚姻："人们常说，爱一个人，首先要爱他的父母。但我的前妻却与我母亲不和，后来我选择了母亲，与她分手了。分手的时候，我把所有的财产都给了她。我

孙成仁一家

变得一无所有，只剩下我母亲。后来我认识了陈梅，她对我母亲太好了，就像亲闺女一样照顾我母亲，我太感激她了。但是，当我们想要孩子时，她却被多家医院诊断为因双侧输卵管严重堵塞而终生不能怀孕。这个结论对我来说，犹如五雷轰顶。谁不想要个自己的孩子？因为血脉要延续啊！我离婚再找个妻子可以有自己的孩子，但是陈梅怎么办？一个女人不能生孩子，离婚后怎么生活啊？有一次，我冒着大雨开车到深圳最高的梧桐山顶高呼苍天，泪水和雨水在我的脸上流淌，我的心也在滴血。苍天没有给我答案，但大雨浇醒了我：我不要孩子了，我要我的妻子！但幸运的是，就在这个时候，我们遇到了您。张阿姨，您真是‘送子观音’啊！把闺女送到了我们家。我们一辈子也忘不了您这个大恩人，改天您一定要到我们家住上几天，我们一定好好地报答您。”说到这里，孙成仁把闺女推到张秀兰的怀里说：“喊奶奶，亲亲奶奶。”小姑娘6岁半了，上一年级，长得非常漂亮。她扑到张秀兰的怀里就亲起她来。在场的人看到这一幕，都非常感动。孙成仁接着说：“张阿姨，您这几年让我们找得好苦啊！现在好了，终于找到您了，今后我们再也不会和您失去联系了。”

9月30日，广东汕头的李氏姐妹二人，孩子都3岁了，也驱车来到深圳看望张秀兰。

此时，张秀兰亲手创造的事业之“秋”已展现在她面前。按理说，她该坐下来好好享受这秋实的荣耀、欣赏这九州秋韵了。然而她

多年以后回到德州，张秀兰夫妇与德州市人民医院生殖中心的同志在一起

没有。她还要去播种。她要看着需要她的人享受着她创造的成果，那才是她心中最幸福的事。

春华秋实。张秀兰通过自己的不懈努力取得了今天的成就，得到了人们的称赞和社会的广泛认可。2015 年 8 月 31 日，《德州晚报》的“天下德州人”版块，用两整版篇幅报道了张秀兰的事迹。以下是本篇报道的内容（有删改）：

【张秀兰】

人物籍贯：平原县前曹镇张长村。

人物简介：德州市人民医院妇产科原主任专家、教授，退休后远赴深圳等地从事人类辅助生殖（试管婴儿）工作，张丽珠教授（培育出中国内地第一个试管婴儿）之爱徒，誉满全国各地及美国、澳大利亚等国家。

北乡南国　圣洁秀兰

——记优秀妇产及试管婴儿专家张秀兰教授

退休。

打工。

到深圳的第一年，张秀兰便声名鹊起，被誉为深圳乃至广东省试管婴儿领域的名医。

这一名头的得来，源于诊疗病例：

43 岁的胡女士意外失独，悲痛之余坚决要再生孩子，可跑遍了上海各大医院，一些生殖界权威医生几乎给出了同一个答复：子宫内膜有疤痕，无法再孕！

几乎绝望的胡女士最终找到了张秀兰，经过一番手术治疗，胡女士竟成功妊娠并剖宫产一对龙凤胎。

本已不可能的事，张秀兰却将其变成了可能，这一突破权威的医学奇迹迅速传遍深圳的大街小巷。

自此，深圳公交车上喷绘出她的巨幅照片，张秀兰红遍鹏城，慕名而寻者络绎不绝。

这一年是 2003 年。

从此，张秀兰开启了事业的“重播”模式，祖籍平原县的她，在千里之外的深圳，释放着德州人可贵的品质和精神，成为家乡的骄傲。

近日，本报记者远赴南国见到了张秀兰，而随着采访的深入，一个圣洁医者的形象，逐渐在记者面前清晰而丰满起来……

【唐山大地震】

触动心灵的生命认知

一

老家的记忆遥远却清晰。

1946年，张秀兰出生于平原县前曹镇（时为尹屯公社）张长村。那时医疗条件落后，村里人经常因一些小病而离开人世。每次听到死者家属撕心裂肺的哭声，张秀兰总忍不住偷偷流泪。

这直接影响了她，并成为她执着一生的事业的发端。彼时，治病救人的想法很稚嫩，却深深地在心里扎了根。

高中毕业后，张秀兰如愿当上了一名赤脚医生，每天背着药箱行走在乡村阡陌间，为乡亲们解除病痛、送去健康。

从此，张秀兰屋里的灯天天亮到深夜。伴着月落西天、虫鸣蛙叫，她自学起医学、药理知识。随着经验的不断积累，她逐渐成为当地人眼中的“杏林圣手”，被亲切地称为“秀兰”。

1971年，张秀兰被推荐到青岛医学院学习。3年后，她毕业了。因品学兼优，又是校党委委员，她本应留校。可她却把留校的名额让给别人，自己回到了家乡，被分配到德州市人民医院，成为一名妇产科大夫。

身份的“转正”，让张秀兰更觉医生职业的神圣，她不敢懈怠半分。

站在手术台前，每当抢救成功一个危重病人或成功做完一次大型手术，她心中都感觉特别欣慰；站在产床前，每当一个小生命呱呱坠地，她都兴奋不已。

日复一日，张秀兰把每一天都献给病人，把心掏给病人，把爱送给病人。精心、耐心、爱心，虽不善言辞，可张秀兰却成了最受产妇及医护人员欢迎的人。

二

1976年7月28日3时42分54秒，唐山大地震瞬间发生。地震持续约12秒，强震产生的能量相当于400颗广岛原子弹爆炸！

救人！救人！救人！

德州市人民医院组织医疗救助队赴震区，30岁的张秀兰坚持报名参加，当天晚上一行十余人启程。

夜黑得伸手不见五指，张秀兰心跳得厉害：一则有点紧张，二则不知震区的现状到底怎么样。

到了唐山，自然灾害的巨大破坏力造成的惨状把张秀兰惊呆了。她愣愣地环视大地，在灾难面前，生命如此渺小，从而也愈显珍贵。

救助伤者、灾后防疫，张秀兰每天都累得喘不过气。但她明白，自己多出一点力，就能为灾区多做一份贡献。

一天深夜，张秀兰刚准备在帐篷里休息，突然接到通知，5千米外一位产妇难产。张秀兰背上药箱，冲出帐篷。

在瓦砾、废墟间，张秀兰深一脚浅一脚，一路小跑。在整个城市的废墟之上，她隐约感觉到一种生命的渴望与呼唤。

然而，当她气喘吁吁地赶到时，却听到孕妇的啼哭声：孩子停止了呼吸，孩子没了……

夜色漆黑，张秀兰甚至不知道自己是怎么离开的。而这段记忆在她心里却再也抹不掉了。从那以后，张秀兰的“从医字典”中，6个字被加上了着重号：时间就是生命。

三

结束救援行动回到德州，张秀兰的情绪却许久难以平复，心里总想着几个词：医生的职责、医生的义务、医生的水平、医生的态度……

医生大成，治身，医心，有节，有道。

张秀兰发疯般地钻研、学习业务，对待患者亦如家人一般，没有休息日，没有节假日，逐渐成为名满四方的妇产科名医。

在张秀兰的骨子里，充盈着创新精神。20 世纪 80 年代，张秀兰成为德州市人民医院妇产科主任，也是技术的引领者。每当出现新技术时，她都率先尝试，等成熟后再交给其他大夫操作，而她再去研发新的技术。

1990 年，妇产科病人越来越多，而落后的设备阻碍了业务的开展。医院也意识到了这个问题，可苦于当时财力有限，无可奈何。

这时，张秀兰“挺身而出”，创造性地提出“集资入股、入股分红”的方案，准备为医院购买“B 超”机，以满足妇产科临床工作之需要。

这在德州市人民医院是前所未有的。方案报给相关领导后，直接被否定了。

可张秀兰不死心，又提出贷款解决 B 超机的问题。

亲戚朋友都想不通：张秀兰这是疯了吗？万一搞砸了，20 万贷款一辈子都还不清。更有看热闹的人在背后讽刺：这简直是痴心妄想。

然而一个月后，张秀兰真的从汕头买来了最先进的 B 超机。有了 B 超机，诊治效率大幅提高，妇产科就诊的人数由之前的每天几十例，一下子突破了100例。

德州市人民医院轰动了。

迎接新生命虽然开心，可张秀兰也有苦恼和困扰。从事妇产工作以来，她遇到了无数例不孕不育症患者。面对她们渴求的目光，张秀兰却无能为力。

2001年，北京、济南等地的试管婴儿技术引起了她的关注。此时的张秀兰已经快到了退休年龄，可她想在离开工作岗位之前再做一件对患者有意义的事情。

然而一个科室自行购买设备，组建辅助生殖中心，几乎是不可能的事。

在征得医院领导同意后，全院职工3天集资150万。3个月后，德州市人民医院生殖中心正式开业。

愿望和努力变成了现实，张秀兰觉得值了。

2002年12月24日，德州首例龙凤胎试管婴儿剖宫降生，男孩2.5千克，女孩2.85千克！张秀兰和另一位医生一人抱着一个宝宝，激动得热泪盈眶，而患者更是高兴得泣不成声……

这是德州医学领域的一个标志性事件，《长河晨刊》等本地媒体均进行了重点报道。

【阿芬事件】

轰动深圳的“妻位”拯救

一

2003年年初的一天，张秀兰将最后一个病人的治疗情况交代完毕，默默地换下白大褂，在环顾妇产科一周后，依依不舍地走出了医院大门。

这一天，她正式退休了。

有难舍，有辛酸，妇产科的医生们一个个和她拥抱，向慈母般的张秀兰告别，向德州妇产科的权威致意。

张秀兰的心里很满足，她感谢德州市人民医院。在这里，她实现了人生的追求与梦想；在这里，她为无数病人解除了痛苦；在这里，她迎接了成千上万个新生命的诞生，给年轻的父母们送去了欢笑；在这里，她还收获了全国卫生系统先进工作者、山东省“三八”红旗手等几十项荣誉……

记忆里都是精彩。

然而，张秀兰的精彩并没有因为退休而结束。

刚刚赋闲在家十几天，张秀兰便接到了深圳爱维艾夫医疗集团的邀请，集团董事长任吉忠亲自登门，盛邀张秀兰加盟。

爱维艾夫医疗集团以人类辅助生殖（试管婴儿）为主业，总部在深圳，已在我国及美国开设了多家分院，董事长任吉忠是张秀兰的同乡。在得知这个妇产科名医退休后，他立即飞回德州请张秀兰去主持业务工作。

有人劝张秀兰别干了，可张秀兰却心动了。她觉得，人可以退休，但知识与经验不能退休，应该找个平台，让它们重新有用武之地。

张秀兰决定出山，以一个打工者的身份。

二

深圳爱维艾夫医院（深圳武警医院生殖中心）成立的时间也是2001年，和张秀兰在德州成立生殖中心几乎同步。深圳爱维艾夫医院成立后，专业技术人才成为困扰其发展的瓶颈，而张秀兰的到来恰如雪中送炭。

入院第一天开会，大夫们都敬仰地看着张秀兰，洗耳聆听她的教诲，期盼她传授技术。

张秀兰没有一点教授的架子。她平心静气地说：“试管婴儿是不育不孕患者最后的希望，他们需要关爱，我们首先要解决其心灵上的痛苦，其次才是利用技术帮其怀孕。”

这位平易近人的教授，一句话点开了大家的思路，大夫们私下议论：别看张教授话不多，可能感觉出她的权威，绝对是“高手”。

接下来的一周内，大夫们的话被印证了，他们也似乎发现了张秀兰医术的真谛——从患者心灵入手，治病救人。

张秀兰对病人的好是不可想象的：

一位不孕患者躺在病床上，心情焦躁，丈夫端过饭来，她一下子打翻在地，一天不吃不喝。家属求助张秀兰，张秀兰二话不说，端起碗就给患者喂饭。见医院的教授如此待己，患者在感动中平复了心情，一边吃饭一边承诺配合治疗。

这一幕，其他大夫看得不可思议。可这已是张秀兰几十年养成的职业习惯。

张秀兰让每个患者都记下她的手机号码，有问题随时拨打，不分昼夜。

来到深圳不久，张秀兰便结识了“神州试管婴儿之母”——张丽珠教授，并成为她的爱徒。本文开篇的治疗事例，便是张秀兰到深圳不久创造的奇迹。

在潜移默化中，张秀兰成了患者的主心骨，也成了大夫们心中的标杆。全院试管婴儿的成功率不断攀升。

医院更是将张秀兰的大幅照片喷绘在公交车上，让其每天穿行在深圳的大街小巷，路人无不侧目。

三

2008 年 6 月 24 日，《羊城晚报》报道张秀兰：迎候生命的使者。

文章中有个故事是这样的：

患者王女士是二婚，第一次婚姻离婚的原因是她的输卵管堵塞，不能生育。本以为现在的丈夫已经带着一个女儿，就没有了生育压力，可哪里知道，身处乡下的婆婆坚持只有男孩才能传宗接代，这让不能生育的王女士深陷痛苦之中。

无意之中，王女士加入了深圳武警医院试管婴儿 QQ 群，燃起了生育孩子的信心和渴望。

经过检查，张秀兰确诊王女士双侧输卵管严重堵塞。拿到诊断书的那一刻，王女士的心提到了嗓子眼，她反复问张秀兰："我是不是生不了了？是不是？"

"试管婴儿不通过输卵管，而是直接将患者夫妇的精子和卵子取出，在实验室进行体外受精，再将优质的胚胎移植到女性宫腔。"张秀兰的专业解释让王女士打消了顾虑，而温暖的语气也让她信心倍增。

经过精心治疗，两个月后，王女士到医院检查，受孕成功。她当场抱着张秀兰高兴地哭了起来。

类似的病例不胜枚举。张秀兰经常给医院大夫讲："我们尽了心，就能挽回一个家庭，就能给患者送去幸福，这是我们的荣耀，也是我们的社会职责。"

四

"结婚 7 年不孕，我想为丈夫再找一位妻子，自己'让位'

于她……”2009年年初，深圳一位叫“阿芬”的女士在网上发帖，“丈夫理解我，说不着急。公婆也劝我不要思想负担太重。但他们越是对我好，我心里越是过意不去。”

媒体很快捕捉到这一新闻，并予以报道。无数读者为阿芬不能怀孕而遗憾，更因她的“爱情让位”之举而感动。

令人不可思议的是，此事竟获得了深圳市政府领导的关注。

深圳武警医院生殖中心主动伸出援手，将阿芬接到医院并免费治疗。

很快，阿芬就站在了张秀兰的面前。对于这样一位女性，张秀兰内心也充满了敬佩之情。她亲自操刀，用培育试管婴儿的方式让阿芬成功怀上了一对双胞胎。阿芬给他们起名为“子敬”和“子言”（“敬”和“言”合起来就是“警”字）。

当年12月18日早上7点，小兄弟俩呱呱坠地，一个重2.52千克，一个重2.45千克。看着可爱的小哥俩，阿芬激动地哭成了泪人。阿芬丈夫的喜悦更是溢于言表，一个劲地说：“张教授，你就是我们的恩人。”

阿芬有了双胞胎的事，很快被传到网上。热心网友和爱心人士捐来宝宝用品，帮助这个特殊的母亲。而懂得感恩的阿芬，也将自己在求医过程中剩余的药品，全部免费赠送给需要做试管婴儿手术的人。

很多网友感叹：之前为阿芬的举动而落泪，现在为阿芬的幸福而落泪。

五

夫医者，非仁爱之士，不可托也；非聪明理达，不可任也；非廉洁纯良，不可信也。

张秀兰说自己就是一名普通的医生，可她的身上兼具了医者所有的优良品质：有一颗关爱患者、敬重生命的仁者之心，有一种不唯传统、敢于创新挑战的进取精神，有一份钻研业务、心灵纯净廉洁的心态。

“当初在德州市人民医院上班期间，她是每年上缴红包最多的医生。”在人民医院做过党委书记的侯有生提起张秀兰，也竖大拇指。

同样，在深圳这家私营医院，张秀兰亦是一身廉洁。有的患者家属死活把红包塞给张秀兰，张秀兰最终有两种处理方式：一是等病人出院时，原封不动地返还；二是将红包送到收费处，用作患者的治疗费用。

出身农村的张秀兰深知挣钱不易，因此她多年来养成了一个职业习惯：患者能用普通药坚决不开进口药，能用廉价药坚决不开高价药。有朋友开玩笑地说：“病人治病花钱，怎么感觉像花你的钱一样?”张秀兰说：“我花自己的钱不心疼，可病人治病花钱我心疼。”

在深圳从医，一待就是10多年，张秀兰成为医院的首席坐诊专家。2010年一年，她创造了个人完成1086个周期的国内记录，被业界称为奇迹！

不仅如此，她在2006年和2010年，分别创造过连续三个月和四个月成功率保持70%以上的记录，这是在世界范围内都难以企及的高度！

【一路飘香】

四海患者　一生感恩

岁月无情，张秀兰已有斑驳白发，可她坚定的步伐并未停下，能多干一天就多干一天，直到不能工作为止。

闲暇时，丈夫马德忠会陪伴她到公园转转，还不时诗兴大发，吟诵一首。其中一首如下：

碧清流水花照人，马料河畔飘香闻。

春意盎然风拂面，逸心闲游怡黄昏。

和许多老人不同，张秀兰无暇盘点人生，无暇骄傲地回忆过去，只是躬耕在自己的医学领域，终生不渝。

师者，桃李满天下。作为医者，经张秀兰的手成功的试管婴儿超过万名，治疗的患者也已远远超过了这个数量，可谓遍布天下。在这些患者眼中，张秀兰就是送给他们幸福的人。

每当春暖花开时，多地的患者都致电张秀兰：我们这里景点最美的时节到了，随时恭候您；每当过节时，多地的患者都致电张秀兰：给您寄份土特产，祝您永远健康；每当出差时，多地的患者都致电张秀兰：只要您到我们这儿，所有事我们来办……

收到这样的短信或微信，张秀兰都回复一个内容：好意心领，不用了，谢谢，祝你幸福。

此刻，张秀兰的内心是幸福的！是啊，又有什么比来自全国各地的挂念更令人欣慰呢？

有些患者，直接将感激之情编成短信，发给他们心中的“圣洁秀兰”：

●责任和义务已深深融入您的心灵深处，并成为您人格的一部分。而对责任的坚守，使您无私无畏并且纯净崇高！

●坚持，坚持做到底，年复一年、日复一日，您在平凡中坚持，在坚持中超越、升华。春蚕到死丝方尽，蜡炬成灰泪始干。

●您是悬壶济世的‘送子观音’，您是淡定自如的深谷幽兰，您是空空的不载着雨水的秋云，只在那些大地的丰收中看到自己的收获！

●70 岁已是人生的秋天，然而您永远以圣洁微笑面对明天。不管在哪里，不管走到哪里，您永远是一面旗帜，是播种幸福的杏林圣手，把爱和正能量送给您爱的人们。

●北乡南国，一朵云在布洒着爱的甘霖，一朵幽兰在默默散发着芬芳……

前面提到过的邢教授，是中国生殖医学界有名的权威，个性很强，一般人很难得到他的指导。但他对张秀兰独特的思维方法、优秀的个人见解及因人而异制订治疗方案的做法非常赞赏，更佩服她的人品和医德。他每次去深圳武警医院生殖中心指导工作，总要见见她。

他这样评价张秀兰："这老太太人缘好，到哪里都是先讲大家的利益。更可贵的是，她有多年妇科和产科的丰富经验，遇到任何突发病情都能应急处理。"邢教授的这番评价，不仅肯定了张秀兰这个人，还肯定了她对中国生殖医疗事业的贡献及她在中国生殖医疗界的地位。

人们常说，人生在世，须先做人再做事。人是一个大写的"1"，事是"1"后面那许许多多的"0"。人要是做不好，事做得再多也没用。作为一个医生，必须坚守职业道德。如果说张秀兰算是一位成功人士的话，那她成功的全部支撑就是医德。什么是医德？北京某医院的尚医生就这一问题做过一场演讲，对医德的含义解释得非常到位，整个演讲也十分感人。

假如你是一位眼科医生，有一天晚上你在值班，这时急诊室来了一位农民工，他的眼睛被烧碱烫伤了，经过检查之后得出这样的结论：如果在6小时之内找不到合适的眼角膜替换，他的眼球就一定会烂掉。这个农民工是家里的顶梁柱，等待他的不仅仅是失明，更是一个本不富裕家庭的灾难。你想给他治，可大晚上上哪儿去找眼角膜？你想到医院的太平间里有刚刚去世的病人，于是你冲到太平间，随手拉开一个柜子，里边刚好有一具新鲜的尸体，特别适合医学移植。这时，只要你取下眼角膜，就能给农民工完成角膜移植手术，从而避免一个家庭的灾难。但是，从另一方面讲，这么做是违法的，等待你的可能是3年以下的有期徒刑。你要怎样选择？这是类似情与法的抉择，一般在面对这种问题的时候，最能考验一个医生的医德。关于这道选择题怎么选，一会儿我再揭晓答案。不过在此之前，我想先给各位谈谈医德。说到医德，大家一定会想，医生收红包将受到什么样的处罚呢？最严厉的是停止执业，吊销执照，甚至以非国家工作人员受贿罪论处。如此严厉的惩罚，为什么还有医生会收？难道是医生医德沦丧吗？事实上，现在很多病人用金钱来营造一种安全感。医生只有收了他们的红包，他们才更相信医生，于是一次又一次地试探着医生的道德底线。收红包的医生有没有？有！我就是。在今天这个舞台上，我必须承认，我收过红包。但是，那种感觉非常不好。那是一个胃癌患者，他把我堵在屋里，就差跪在地上了。因为我不收他的红包，他就觉得我不会好好地给他看病。所以，我收下了。等他的病看好了，我给了他一张收据，用他给的红包为他交了一次住院费。两年前，一个农民，带着他身患肾脏肿瘤的女儿去求医，被多家医院拒收。在走投无路的情况下，他们来到了一家著名的大医院，父亲跪在地上苦苦哀求医生：“求求你们救救孩子!”有一位心地善良的泌尿科医生明明知道这个手术的风险非常大，治愈率几乎为零，但他还是动了恻隐之心，做出了跟别人不同的选择，把自己逼上了绝路。他精心给女孩做了手术，女孩身上直径15厘米的肿瘤被完整地切了下来，但就在缝合的过程中，女孩突发呼吸心搏骤停而死亡。虽然经过专家的鉴定，医生没有任何过错，但是家属仍不依不饶，在医院里拉横幅，并在这位医生每次出门诊的时候跪在地上，抱着他的大腿哭喊：“你把我也杀了吧!”就这样，女孩的家属纠缠了他将近一年，导致他再也无法集中精力工作，最后患上了抑郁症，选择了自杀。这位医生叫张世林，于2014年3月24日跳楼身亡。今天，很多人不相信医生的医德，以最大的恶意去揣测医生。张世林医生把他的医德向患者展现了出来，但是却不得善终。面对这样的结果，身为医生的我们感到心寒，感到痛心。我们甚至开始怀疑：是该先救人，还是该先保护自己？我们还需要医德吗？我的答案是：仍然需要！古人云：“学不贯今古，识不通天人，才不近仙，心不近佛者，宁耕田织布取衣食耳，断不可作医以误世。”医德需要患者的理解。但是，若没有理解，我们医生也需坚守自己的道德底线！再回到一开始的那道选择题。1998年10月3日晚上，北京人民医院的眼科医生高伟峰给出了他的答案。他在明知道可能触犯法律的情况下，依然选择了治病救人。他从病人尸体的一只眼睛上取下了角膜，顺利地完成了当时在国内非常先进的角膜移植手术。同时，为了尸体的美观，他还特地为其装上了高级的假眼。农民工得救了，重见了光明，而高医生却被那具尸体的家属一纸文书告上了法庭，他成了被告！这件事在当时引起了巨大的轰动，整个医疗界的人士都纷纷声援高医生。庆幸的是，在做了一系列的调查取证后，检察院做出了对高伟峰医生擅自摘取尸体眼球一案不予起诉的决定。这一次，法律守护了医德。所谓法律不外乎人情，这里的人情是追求公平和正义的人情，是给予慈悲和宽恕的人情。最后，我想说，患者就是一面镜子，医生的德行决定了镜子里自己的形象。患者的信赖才是维系医生崇高使命感的最强动力。请大家相信，这个世界上没有一个医生不希望自己的患者康复。医德的成长需要医生的恪守，需要法律的保障，更需要大家的理解与相伴。

这篇演讲引起了全场听众的共鸣，主持人和所有到场嘉宾都为之动容。什么叫医德呢？当时有嘉宾回答："做出了我愿意保护你优先于自保的决定，做出了我愿意牺牲我的安全为了你的生命去努力的决定……"

医德做支撑，善举挺世界，医生为病人是天经地义的。张秀兰常说，她是为病人而生的，患者是她的上帝，遵守医德是她的本分，治病救人是她的使命。尚医生所讲的事她都做过，而且做了许多许多，也做得很好，所以她才有今天的地位和声誉。

十　夕阳艳照，幽兰清香

天净沙·兰韵

苍生深谷荏苒，
香飘人间尽染，
芬芳散尽怡然。
无欲无求，
清淡雅，幽谷兰。

时光飞逝，转眼就是几十年。在张秀兰工作的这几十年中，她无怨无悔，因为她对得起自己的心，安抚着别人的心；对得起自己的信仰，也影响着别人的信仰。她做事总是先考虑别人的利益，从未考虑过自己。她以自己人性的光辉照耀着别人前进的道路，洒下一路清香。

张秀兰的老师经常劝她："好便是了，了便是好，好了好了。"可她却"没完没了"，朝着自己的目标一直往前走，仿佛要走到老才能稍稍地"了了"。记得有位智者说过："人的心灵和身体至少要有一样在路上。"可张秀兰的全身心一直都在路上。

清香漫洒，一路上除了挣扎与奋斗，还有无限欢乐。孔子说："德不孤，必有邻。"用这句话来形容张秀兰是再恰当不过的了。她常常带着一种责任感和爱心对需要她的人们说："为了把爱和幸福的香气送给你们，我把世界上所有的路都走遍了，你们的身体健康和家庭幸福是我一生的心愿。如果说我对你们的每一次爱都是一粒沙子的话，我已经为你们准备好了一个撒哈拉大沙漠。"她的这种不为名利、甘于奉献的高尚品格，换来了遍地朋友，换来了周围人们的尊敬与爱戴。她一直知道自己的路在哪里，有多远。她要在这样的路上坚持走下去，带给需要她的人们以幸福和欢乐。所以，她的脚步越走越坚定。她是在给自己的人生一个承诺："让欣慰替代自己的梦想！"

无垠的天空，是雄鹰一生的飞程；苍茫的大地，是流水注定的流程；流失的岁月，则是人一生的旅程。近几年，有一首歌《时间都去哪儿了》很火。张秀兰的时间都去哪儿了，她自己知道，她的家人知道，那些了解、熟悉她的人也知道，她把全部时间都用在病人身上了。

德州之子，故乡骄傲

人的一生，注定要经历很多。对张秀兰来说也是这样：一段路上，有朗朗的笑声；一段路上，有委屈的泪水；一段路上，有懵懂的坚持；一段路上，有茫然的取舍；一段路上，有成功的自信；一段路上，有失败的警醒。每一段经历都弥足珍贵。在这些经历中，她更成熟了，渐渐找到了生命的真谛。生命的丰盈在于心的慈祥，生活的美好源于一颗平常心。凡事不必计较，踏踏实实做事、简简单单做人就是人生最大的幸福。

张秀兰的人生是一路飘香的人生，也是负重担当的人生，过往的岁月已在她的脸上留下了深深的印迹。不必在意，因为她是跟着太阳走的，每时每刻都在阳光下洒着芳香，这对她来说已经足够了，她别无所求。

记得曾看过幽兰静雅的一篇文章，里面有几段话，用来形容张秀兰最为贴切：

人世间有种花，生长在幽谷，不需华丽的外表，只需素雅纯净。她可以在漫长、惨淡、惆怅、心酸中等待，将悲伤和怨恨揉入记忆深处，清眸流盼，在寂寞中载着生活无端赋予的沧桑，挣脱着世俗的纷扰，拥着黑夜，清婉流连，等待曙光的到来。

慢慢打开埋藏的记忆，心里一片空白，从角落里拉扯……那天，无日，无月。天空乌云密布，漆黑一片。俗世的狂风呼啸，暴雨随风倾泻。空谷独幽的兰在风雨中傲然挺立，看着她精心培育的幼兰，丧生在恶劣的环境中，凝噎、泪尽，心在滴血。那一刻，青山在哭，溪水在泣。兰憔悴的脸上挂满冬季的残雪。晨曦微露，一缕清风拂来，带着清新的空气，慰藉着兰受伤的心。阳光镜明，百鸟欢歌，山青，水绿，花红，草嫩，云静，天蓝，人间芳菲四月天。兰扬起高洁的头，裹卷忧伤，远离尘俗，与清风相伴，与朝阳相依，独对蓝天白云微笑。永远的清芳，永远的清幽，永远的静雅！

世俗的狂风暴雨莫名其妙地上演了一场闹剧。来路不明的恩怨，模糊不清的人和事，总是让我感觉失望。看着跳转的世界，措手不及的事件纷乱翻涌，渴望午后阳光的温暖、温润。一颗脆弱的心被阳光辐射，心，亮了！我像那风雨中的兰一样清傲、净远、坚强。我想起高尔基的《海燕》："在苍茫的大海上，狂风卷集着乌云。在乌云和大海之间，海燕像黑色的闪电，在高傲地飞翔。"海燕是那么勇敢、无畏、坚强、灵动。我记起鲁迅先生《死》中的一段话："欧洲人临死时，往往有一种仪式，是请别人宽恕，自己也宽恕了别人。我的怨敌可谓多矣，我想了一想，决定的是：让他们怨恨去，我也一个都不宽恕。"鲁迅先生的话让我明白，也许人生就是一个不断疼痛又不断成长的过程吧。随着岁月流逝，生命会有或轻或重或淡或浓的遗憾，善良地宽容别人，理解别人，也是对自己的一种释然吧。我想世界永远是真理战胜邪恶的！

尘烟散尽，记忆尘封。独坐一隅，清看暮落，心清无痕，如诗静谧！轻挽一缕清风，坐观云卷云舒，思绪悠然形成流云，继续穿梭在文字天地。栖心淡泊，漫步在精神家园，将细碎的尘光，续丹青，赋予平平仄仄的诗行，鸣奏起春天最丰沛的韵曲，潺潺而歌。任凭四月的芳菲在梦里成烟、成云、成风、成雨，在亦幻亦梦中，翩然飞舞……

沁园春·兰

品质草木，生于平坳，长在深山。
看茎直叶长，玉树临风；花蕊绽放，根植入岩。
疾风尽扰，不屈不挠，披绿挂丹御风寒。
独静处，已悠悠暗香，春意领先。

独于幽处自欢，致无数豪杰近赏颜。

于百花丛中，不与争宠；行风清高，气度非凡。

唯有一兰，不亢不卑，清香飘洒人间。

群芳中，数风流人物，傲骨幽兰！

后　记

这本书的主人公张秀兰是我的妻子。

写这本书是我早就有过的想法，也一直是我的一个心愿。早在未退休前的几年里，我一直在考虑这件事。2003 年，我与妻子一起离开德州来到深圳后，就下决心要写。退休以后，我闲来无事，这种想法就愈加强烈了。

我真正开始动笔是在 2012 年，当时还很犹豫：一是觉得自己文字水平有限，怕写不好，达不到预期的效果；二是不知道写自己妻子的事迹行不行、合不合适。于是，我带着问题请教了付国杰老师和杨秀歧老师。他们一听我要写妻子张秀兰，都十分高兴。杨老师还冲我竖起大拇指说："行！你肯定能行！以前有好多名人都写过自己的妻子，你也一定能写好。"付老师则说："写人物，你写谁都行，写你最了解的人当然更容易写好了。"这样，我终于下定了决心要写。付老师和杨老师又给了我一些指导，他们让我写之前先列出章节和内容的提纲，又建议我按报告文学的形式写，字数至少要 20 万。20 万字，这远远超出了我先前的计划，我心里开始打鼓。但是我一想到妻子，写作的冲动就来了，于是马上动起笔来。我没有用电脑打字，而是用传统的纸笔来写。

写作开始后，我独居一室，天天埋头伏案，废寝忘食地奋笔疾书。在这本书的写作过程中，我抛开了一切事务，脑子里只有这一件事。有时我也看电视，但不是为了看电视节目，而是为了学习节目里的语言；走路时，我看到一句新颖的广告用语或听到行人说的一句话，就赶紧记下来并用心揣摩，看写作时是否能用上；有时睡觉时又突然想起了几句话，我就马上起身写下来，生怕睡醒后忘掉了。写这本书，我一共用掉了 30 多支中性笔，手指磨出了老茧，花镜度数也增加了不少。

写作不易，但我却觉得写这本书是一种享受。

首先，我的妻子值得写。几十年来，我与妻子零距离地生活在一起。可以说，我是这个世界上唯一能彻底了解她的人。我了解她人生中的酸甜苦辣与无尽艰辛，她的行善积德与助人为乐，她的忘我奋斗与无私奉献，她的勇往直前与不懈追求，她的乐观与淡定，她的影响与声誉……她把所有的爱都给了她的病人和她的事业，她所做的一切都深深地印在我的心里。她是一代人的榜样，值得我把她的事迹记录下来。

其次，妻子是家族的荣耀。张秀兰在事业上做出的成绩，除了社会的认可外，更是家族的荣耀。她的品格、她的为人、她的奉献、她的成就，得了家人的一致认可。这是一个人最珍贵的东西，是留给子孙后代的宝贵财富，是多少金钱也比不了的。所以，我要把妻子的事迹写出来，并作为“传家宝”留给我们的子孙，让他们向我的妻子学习如何做人、如何做事。

再次，这本书是我献给妻子的礼物。在生活中，无论我走到哪里，人们都说我是一个有福之人。虽然妻子很多时候因忙于工作而无暇顾及我，但我却是从妻子那里得到最多的人，我为有她而感到自豪与骄傲。这不是有福，又是什么呢？我们一起生活这么多年，我从来没有给妻子买过什么礼物，这本书不就是送给她的最珍贵的礼物吗？我想把这本书作为我们结婚四十周年红宝石婚的礼物送给我亲爱的妻子，它代表着我藏在心中从未说出口的三个字——我爱你！

在本书的写作过程中，我引用了各种资料，恕不一一转告作者。如这种引用对作者或作品造成了伤害，也乞请见谅。

最后，我要感谢所有对本书的写作与出版给予支持与帮助的人们。感谢妻子，没有妻子在事业上所做出的成就没有这本书写作的理由；感谢付国杰老师和杨秀歧老师在我写作过程中给予的关键性指导以及朱洪双、于凤荣和杨晓兵同学在我写作上给予的各种指导；感谢弟弟马德海一家对本书出版所做的贡献；感谢李长征对本书出版的热心帮助；感谢所有关心本书的人们。

由于我水平有限，本书的疏漏和谬误在所难免，敬请各位读者谅解。在此，我也期待大家对本书进行批评并提出宝贵意见。

马德忠

2018 年 4 月 20 日